追分殺人事件

新装版

内田康夫

JOY NOVELS
実業之日本社

装丁／鈴木久美
装画／いとうあつき

追分殺人事件　新装版／目次

プロローグ

「黒い館《やかた》」ができてゆく過程を、一枝《かずえ》はずっと眺《なが》めていた。

どういう建物になるかという興味もさることながら、古い家が壊されて何もなくなった土地の上に、新しい構築物が形を成してゆく様子を目のあたりにしていると、人間の営みの虚《むな》しさを感じてしまい、なんだか他人事《ひとごと》ではないような感慨に耽《ふけ》るのであった。

柱が立ち、西洋瓦《せいようがわら》の屋根が葺《ふ》かれ、壁ができたところまでは、窓が小さいほかには、これといった特徴のない家だった。

建物は黒っぽい色に塗《ぬ》られた。とたんにイメージが一変した。何の変哲もないサラリーマンが、突然、諜報《ちょうほう》機関のメンバーの本性を現したような、ショッキングな変身であった。

それは蠱惑《こわく》的な示唆《しさ》を一枝に与えた。誰にでもある変身願望を、「さ、そろそろですよ」と揺り起こす悪魔の囁《ささや》きのようなものかもしれない。

建物が完成してしばらくのあいだは、家具や調度品を運び入れたりして、ざわついていたけれど、やがてそれも収まって、人の動きが間遠《まどお》になった。

一枝は犬の散歩がてら、時折、建物の正面を眺めに行ってみた。裏からでは分からなかったが、ふつうのしもた屋ではなさそうだ。正面の壁面にある小さなショーウインドウは、宝石店を思わせる。

それにしても、どこから見ても真四角な建物だ。表も裏も、ほとんど黒に近い褐色の壁で、窓は少なく、小さい。

父親は窓から一瞥《いちべつ》するやいなや、「なんだか薄気味の悪い家だな」と眉《まゆ》をひそめたが、一枝はそう悪くないと思った。父親がそう言うから反発して――という気持ちも、多少はあったかもしれない。

あんなシックな店を自分で持てたら、どんなにかいいだろう――と思い、その着想がしだいに膨《ふく》らんでいった。

だけど、こんな一等地にあんな建物を建てたら、いったい、いくらくらいかかるのだろう。

第一、こんな場所で商売になるかしら？

休みの日になると、二階の窓からレースのカーテンを透かして、日がな黒っぽい建物を眺めては、密《ひそ》かに憧れと希望を膨らませていた。

何かの店か事務所のようだけれど、その建物に客らしい人が入ってゆくのを、一枝はほとんど見たことがなかった。といっても、店の正面は見えないし、向こう側の路地をやって来る人々も、わが家の庭の木立と建物の壁との隙間から、わずかに見えるにすぎない。そのうちのどれだけがお客なのかも分からないのだから、客が多いとか少ないとか、勝手に判定しているだけである。

それでも、店に来る常連は十人ぐらいであることが、しだいに分かってきた。その中の何人かが店の人間らしい。時折、男が裏庭に出て、ぼんやりと空を仰《あお》いだり、煙草《たばこ》を燻《くゆ》らせたりすることがある。

その男は三十代初めから半ばぐらいだろうか――という年配だ。店がまだ建築中の、建前《たてまえ》の頃から、ちょくちょく現れては、建築の進捗《しんちょく》状態を見ていたから、施工主側の人間にちがいないと思っていたが、やはりそうらしい。

男が庭に出てくると、一枝は慌てて窓枠の外側に隠れる。カーテンの裏側にいれば、見咎《みとが》められることはないと分かっていても、その男が出てくると、反射的に身を隠した。

男はいつも、黒い建物の中から生まれ出たような、黒っぽいスーツを着ていた。長身で、色の白い男だ。遠目だけれども、色白のぶんだけ、目鼻立ちがはっきりしているように思えた。

男は腕組みをして立ち、煙草を吸いながら、きまって遠くの空を見つめていた。どこかに想いを馳《は》せる場所があるのだろうか。そこには、もしかすると愛する女性がいるのかもしれない。そうでなく、通り過ぎてきた過去を偲《しの》んでいるのかもしれない。いや、彼には郷愁《きょうしゅう》だとか希望だとかいう言葉は、似つかわしくない。彼はいつだって、明日のない刹那《せつな》的な生き方をしていて、ふと過去を振り返り、やるせない虚しさを嚙《か》み締《し》めるにちがいない――などと、一枝は気儘《きまま》な想像を楽しんでもみたりした。

雨の日、仕事から戻る夕暮れ、道でその男と擦れ違った。男は女と相合傘の中にいた。一枝と同じか、少し年配の肉づきのいい女だ。男とは対照的な、赤い部分の多い派手なワンピースを着ていた。

女は歩きながら男にじゃれつき、服装と同じような派手な声で笑った。男は足の進む先を見つめ、薄笑いを浮かべるだけで、ひと言も喋《しゃべ》らない。

細い道だった。相合傘の二人に塞《ふさ》がれる形で、一枝は道端に身を寄せ、立ち竦《すく》むように、二人が通り過ぎるのを待った。

男の目が、傘の下からチラッとこちらに注がれ、軽く会釈《えしゃく》するのが分かった。

一枝はドキッとした。男の、少し茶色味がかった瞳の奥のほうに、思いがけない優しい光を見たような気がした。

男の右肩がひどく濡れているのに気付いて、傘をさしかけてあげたい衝動に襲われた。

二人が完全な後ろ姿になって、男の手が女の肩を抱いているのを見た時、一枝は殺意を感じた。女を殺したいのか、男をなのか、とにかく、殺してやりたいと思った。

身を翻《ひるがえ》して、雨が顔に当たるのも構わず、一枝は走った。

いつもそうだったように、自分には逃げることしか道はないのだと思った。男からも、この街からも、そして殺意からも逃げ出したかった。

第一章　魔女のいる店

1

ピロロロロロンのチャイムが鳴った。呼び鈴のチャイムとは違う。

ピロロロロロンと鳴るチャイムは、玄関の上に取りつけた、赤外線反応式《せきがいせんはんのうしき》の探知機《たんちき》が、お客の訪れを察知し、知らせる音である。

ふつうの、訪問客が押すチャイムの音は、ピンポーン——と鳴る。

（誰かしら？——）

一枚は読みさしの本をソファーの上に置いて、「よっこらしょ」と、少し年寄りじみた掛け声と一緒に、立ち上がった。

住居部分の居間と店とは、壁と同じ素材の木製のドアで隔《へだ》てられている。店にいると、壁の背後に「所帯」があることなど、想像もつかないのだが、今は、サロン風になっていて、親しい客だと、時には中に招き入れてお茶を出したりもする。

境のドアを開けると、店の中は真っ暗だ。夏は八時か、ときには十時頃まで開けていることもあるけれど、春先のこの時期は、七時になると戸締《とじま》りをしてしまう。

店は間口は六メートルだが、奥行きは三メートル足らずの、小さな構えだ。壁も天井もすべて無垢《むく》の杉板を張ってある。

六メートルの間口の真ん中に、幅が七十センチばかりの、通常のものよりいくぶん細めのドアがある。その左右は大きなガラス窓で、夜間はシャッターが下りる。

　ドア部分だけは、夜でも内側にブラインドを下ろすだけで、ガラスのままになっている。ただし、施工《せこう》した業者の話によると、ドアのガラスは強化ガラスでできているから、ハンマーで叩いても割れない設計なのだそうだ。

　一枝はドアのブラインドの端に隙間をつくって覗《のぞ》いてみたが、人の姿は無かった。外はほのかな明かりで、林の闇の中に、道路がぼんやりと白く浮き出て見えた。

（いたずらかしら？——）

　一枝は舌打ちするような思いで、ドアから離れた。最近になって、近所の寿司屋の店員に言われたのだけれど、女の独りずまいと知っている者が、からかい半分に覗き見に来ることがあるらしい。

（でも、コタローが鳴かなかったわね……）

　深夜に人が近付けば、コタローが黙っていない。雑種が少し混じった川上犬で、知らない人間に対しては警戒心の強い性質だ。鎖《くさり》を引きちぎりそうな勢いで、吠《ほ》えたてる。

　へんだわねと思いながら、一枝は居間に戻った。時計を見ると、十一時を回ろうとしている。

　外はもう氷点下の気温にちがいない。考えてみると、こんな寒い真夜中、いくら物好きでも、まさかいたずらをする気にはならないだろう。

　気のせいだったのかな——とも思った。

　そういえば、近頃、少し神経質になっているのかもしれない。自分では気付いていなくても、独りずまいの緊張感が、いつのまにかストレスになって溜《た》まっているのだろうか。

　東京から軽井沢に移り住むと言った時、両親はもちろん、三人の兄弟たちと、それぞれの妻たちは、こぞって反対した。

「いまさら、どうでも嫁に行けとは言わないが、東京を離れることはないだろう」

父は腕組みをして、身じろぎもせずに、こわばった顔で言った。母は肩を落として「おまえはどうしてそうなんだろうね」と愚痴《ぐち》を呟《つぶや》くばかりだった。

男の子ならともかく、たった一人だけの娘が、嫁にも行かず、親元を離れてしまうなどというのは、両親にしてみればやりきれないことだったのだろう。

一枝という名前は、枝が広がるように、子孫繁《しそんはん》栄《えい》を願ってつけたのだそうだ。

「それなら幹子《みきこ》にするべきだったのよ。一枝じゃ、それ以上に増えそうもない名前じゃないの」

少女時代には、もちろん冗談でそう言って笑っていたのだが、どうやらその予言はほんとうのことになりそうだった。

軽井沢に来て『ひいらぎ』という店を出したのは三年前、一枝は三十四歳だった。二十六歳の時に、友人が始めたファッション関係の会社に参加していた。会社といっても、全部で三人だけの、いわゆるマンションブティックだった。その会社が、おりからのブームに煽《あお》られるように、信じられないスピードで成長して、一枝もかなりの高給を貰《もら》えるようになっていた。

会社を辞《や》めると言い出した時、友人はてっきり、どこかライバル会社にスカウトされるものとばかり思ったようだ。独りになりたいから……という退職の理由は、てんから信じてくれなかった。

「あなたの才能に対しては、それなりに報《むく》いていたつもりなのに」

怨《うら》みごとを言って、「女の友情なんて、そんなものなのね」とそっぽを向いた。

それが、ほんとうに軽井沢に引っ越したことを知って、呆《あき》れて飛んできた。「あんたって、ほんと、ばかねえ」と、いまさらのように、復帰を説得したが、一枝に翻意《ほんい》するつもりはなかった。

どうして、そんなにかたくなになるのか、と訊かれても、正直に言うと、一枝にもよく分からなかった。

仕事はそれなりに充実していたのだし、わずか三人で始めた会社がどんどん大きくなって、百五十人以上に膨れ上がって、ニューヨークにも支店を出して――という状況が、悪かろうはずもない。

友人が言うように、報酬《ほうしゅう》も、女性の収入としては法外といっていい額を貰っていた。

それなのに、ある日ふと、辞めよう――と思った。しいて理由を見つけるなら、七年間、無我夢中で走りづめに走っていて、いいかげんストレスが鬱積《うっせき》していたのだろう。

そして、プッツンと緊張の糸が切れたように、何もかもが虚しく思えてしまったのかもしれない。

しかし、ほんとうのところは、一枝にも自分の心理が分析できていない。その時はただ、ひたすら辞めようと思ったのだ。

子供の頃、路地や公園で遊んでいて、みんなが興《きょう》に乗っているのに、ふいに「いち抜けたァ」と去ってゆく子がいて、いつも腹を立てたものだったけれど、ふっと、その子の気持ちが理解できるような気がした。

2

軽井沢に店を出すといっても、七年間、コツコツ貯《た》めた程度の資金では高が知れている。旧軽《きゅうかる》銀座《ぎんざ》みたいな繁華《はんか》な目抜きには、とても手が出ない。

一枝は、信濃追分《しなのおいわけ》駅から二百メートルばかり西へ行った、林の中のような場所に、ひっそりと店を構えた。手づくりの人形を中心に、小物類やアクセサリーを並べた。『ひいらぎ』という名前の由来にも、それほどの根拠はない。なんとなく、魔除《まよ》けのイメージかなと思ったぐらいだ。

「こんなところじゃ、お客さんが来ないでしょうに」

父親に内緒で、こっそり様子を見に来た母親も友人も、同じことを言った。

「いいのよ、来なくても」

負け惜しみでなく、一枝は本気でそう思っていた。たとえお客がまったくなくても、細々と暮らしてゆくぐらいのゆとりはあるのだし、もともと、お客相手に、歯の浮くようなお世辞《せじ》など言えそうもないタイプだ。

それより、むしろお客が来て、ものの弾《はず》みみたいに何か売れたりしたら、いったいどう応対すればいいのか、そのことのほうが心配だった。

よくしたもので、そんな店にもお客が来てくれるのであった。

追分は軽井沢といっても、訪れる人種がちょっと違う。いわゆる旧軽銀座を目掛けて押し寄せてくるような、新人類は少なく、昔ながらの高原の静けさを求めてくる——いまの世の中では、どちらかというと変人に属するような避暑客《ひしょきゃく》が多い。いってみれば、一枝とあい通じるところのある、ちょっと変わった人種ということになる。

そういう「変人」たちにとって、『ひいらぎ』は路傍《ろぼう》に咲く一輪のリンドウのように思えるのかもしれない。誰にも気づかれなくても、誰も見てくれなくても、ひっそりと咲いている、可憐《かれん》な花だ。

春先に店を出して、その夏にはもう、結構お客が入ってくれた。

窓越しに覗いてゆくだけの客もあれば、店内に入っても、冷やかしだけの客もいるけれど、とりあえず店の存在に気を留めてくれる人がいるだけで、一枝は胸が弾んだ。

夏のあいだだけでも、それなりの売上げはあった。お世辞も言わない代わりに、商売っ気もまるでない一枝は、気儘《きまま》が好きな客にとっては、かえってサバサバしていて感じがいいらしい。

いつのまにか、居間の「サロン」で駄弁《だべ》ってゆく顔馴染《なじ》みもしだいに増えていた。二年目の夏を越えると、ここで生涯を送りそうな予感めいたものもしてきたものである。

当然ながら、晩秋から早春までは、客足はめっきり遠ざかる。「寂しいでしょう」と誰もが言う。しかし、一枝はそれほどには思わなかった。むしろ、ひまができて、地元の人たちと付き合う余裕が増えるのはありがたい気もした。

軽井沢には東京からの脱サラ組も結構多くて、同病相あわれむようなテアイの仲間もできた。谷《たに》田恵美《だえみ》という、やはり独りぐらしの人形作家とも知り合えて、彼女の作品を店に置くようになった。

谷田恵美の人形は一風変わっているものばかり

で、最近では魔女の人形が多い。ホウキに跨《また》がった魔女を、さまざまなデザイン、さまざまな素材で作る。恵美の説によると、デンマークの魔女、ドイツの魔女と、魔女にもいろいろあるのだそうだ。

壁に立て掛けるタイプのもあれば、モビール風に吊るすタイプのもある。光の当て具合で、不気味にもなるし、可愛らしく見えたりもする。手作りだし、その時の気分や思いつきでデザインが変わるから、ひとつとして同じ製品がないのが特長だ。

その魔女人形がお客にウケて、去年の夏は、ちょっとしたブームだった。

恵美は、一枝より五歳年長で、いまは独りだが、一枝と違って、結婚歴のある女だ。結婚ばかりでなく、男遍歴《おとこへんれき》もずいぶんあったらしい。

「卒業しちゃったってわけね」

過去のことを、恵美はそう言って、男みたいに豪快に笑って片づけた。

「私はまだ入学もしていないわ」

一枝はつまらなそうに言った。それはほんとうのことだ。一枝はこの歳になるまで、まだ男性との付き合いを経験していない。

男運がない――と俗に言うけれど、一枝はまさにそれを絵に描いたように男運に恵まれなかった。

父親が法律学者で、一人だけの娘として、厳しく育てたせいかもしれない。とにかく、女子学園の大学を卒業して社会に出るまで、男性との個人的な交際を持つチャンスとはまるっきり無縁だった。

三人の兄たちの友人が家に出入りしても、父親の警戒心《けいかいしん》が異常に強いのを察知するのか、一枝に接近を試《こころ》みる勇気のある者はいなかった。

もっとも、一枝自身が肉体的にも精神的にも成熟が遅れていたということはあったかもしれない。幼児期に、一枝は小児マヒかと思われるような、原因不明の高熱に襲われるという病気を経験した。まもなく健康は回復したけれど、その影響が発育を遅らせたことはあるだろう。

容貌《ようぼう》についてだけは自信があるけれど、学生時代のアダ名が「針金」だったことからも分かるように、われながら性的魅力にまったく欠ける女だと一枝は思っている。会社勤めをしている頃、男たちに何回か「きれいだよ」などと言われたことがあっても、嬉しいと思うどころか、かえって萎《い》縮《しゅく》してしまう気持ちのほうが勝《まさ》った。

たぶん、何度かそういう（危険な）チャンスはあったにちがいない。しかし、どうしても最後の一線を越える段になると、裸の姿を見られた時の男の失望と嘲笑《ちょうしょう》を想像して、ほとんど必死の想いで逃げ出すことになるのだった。

「ほんとなの？」

はじめは信用しなかった恵美も、一枝の人となりが分かってくるとともに、ほとんど前世紀の遺《い》物《ぶつ》を見るような目で眺めた。

「ふーん、だったら、入学しなくてもいいから、塾《じゅく》にでも入ってみたら」

含蓄《がんちく》のあることを言った。

「塾って、どういうこと？」

「どういうことって……だって、いまさら入学する歳じゃないでしょう。それに、ほら、熟女《じゅくじょ》っていうじゃない」

言って、あはははと笑った。

才気煥発《さいきかんぱつ》というのだろうか、とにかく頭の回転が早くて、二人でいると、一方的に喋《しゃべ》りまくる。

一枝は無口なたちで、放っておけば、一日中でも黙っていられるような性格だから、なおさら対照的だ。それでいて、不思議に気の合う同士だった。

3

　コタローが吠える声で目が覚めた。時計を見ると、まだ散歩の時間には間があった。

　誰か来たのかしら？　と思っていると、けたたましい男の声が怒鳴《どな》った。

「ひいらぎさん、ひいらぎさん」と言っている。聞き憶えのある声だ。

（新聞屋さん？――）

　胸の中で問い返しながら、一枝はベッドを出た。ガウンを着ながら、どうしてチャイムを鳴らさないのかしら？――と、ようやく怪訝《けげん》に思った。

「ひいらぎさん、ひいらぎさん」

　新聞配達の青年は、まだ怒鳴りつづけている。どういうわけか、家から少し離れたところにいるらしい。

　一枝は居間の窓から顔を突き出して、「なあに？　どうしたのよ」と怒鳴り返した。新聞屋は店の正面のほうから飛んできて、引きつったような顔を見せながら、玄関の方角を指差して叫んだ。

「死んでるよ！　人が、人が死んでる！」

「えっ？」

　一枝はゾーッとした。嘘――とか、冗談でしょう――という気持ちはまったく起きなかった。新聞屋の顔はそういう余裕を抱かせるような雰囲気ではなかった。

「どこ、どこよ？」

「お宅のドアの前」

「いやあだァ……」

一枝は悲鳴を上げた。

「どういうこと？　誰が死んでるの？」

「誰だか知らないけど、男の人だよ。そんなことより、とにかく、一一〇番したほうがいいよ」

新聞屋は窓の下まで来て、励ますように言った。実際、そう言ってくれなければ、一枝は腰を抜かしていたかもしれない。

電話は店と居間と切り換えになっている。居間の電話を使って、一一〇番をした。たった三つの数字をプッシュするのに、三度も間違えた。

「はい、こちら一一〇番です」

眠そうな男の声が応じた。

「人が、人がですね、死んでるんです」

一枝は震え声で言った。

「はい、人が死んでいるのですね？　そちらの場所はどこですか？」

「うちの前ですよ、ドアの前です。もしかすると、ドアが開かないかも……」

「分かりました。落ち着いて、あなたの名前と住所を言ってください」

ゆっくりと、まだるっこいような喋り方だったが、一枝を落ち着かせるのには、効果があった。うろたえながらも、どうにか住所氏名と電話番号を伝えた。

「分かりました。すぐにパトカーがそちらへ向かいますから、そのまま待っていてください。死体に触れたり、周囲を歩き回ったりしないようにお願いしますよ」

警察官はさすがに物慣れた口調だ。ふだんはあまり好きになれない相手だが、こういう場合はまったく頼りになる。

新聞屋も窓を離れずにいてくれた。配達が遅れるだろうけれど、第一発見者の責務《せきむ》を感じているのと、一枝を独りにしておくわけにはいかないと、騎士道精神を発揮《はっき》しているにちがいない。

「ね、ね、どんな恰好《かっこう》で死んでいるの？」

「ドアの前に頭から突っ込むような恰好ですよ」

「やあだァ……」

一枝は死体を見に行きたいのと、恐ろしいのとで、結局、窓のところから動くことができないままでいた。

軽井沢警察署からここまでは、約六キロの距離である。追分派出所の巡査が駆けつけるのと、ほとんど同時にパトカーが来た。

制服姿がほとんどだが、数人の私服が混じっている。その私服の男たちが、死体に近寄って行った。しかし、その連中も数メートル手前の、舗装《ほそう》道路と店の敷地の境界線の辺りで立ち止まり、そこから先へは立ち入らない。

いちばんあとから来た紺色の作業服姿の三人の男が、地面に何やら四角い板状のものを飛び石のように敷いて、その上を歩いて死体に近づく。どうやら、それが鑑識《かんしき》係らしかった。

私服の若い刑事が二人、窓のところにやってきた。

「ホトケさんはお宅のお知り合いですか？」

一枝は「いいえ」と首を横に振った。

「分かりませんよ、まだ顔も見ていないんですから」

「ん？　そうすると、発見者はおたくさんですか？」

新聞配達の青年に訊いた。

「ええ、おれです。だけど、誰だか知りませんよ。顔が見えないですからね」

「一応、名前と住所を聞かせてください」

刑事は第一発見者に丁寧に言った。

「矢沢です、矢沢良雄、住所はすぐそこの新聞店に住み込みです」

矢沢は緊張した口調で言って、それから、刑事の質問に答えるかたちで、死体発見の状況を説明した。

その朝、矢沢はいつもどおり、軽四輪で配達区域を順に回ってきて、『ひいらぎ』の前まで来て、すぐにドアの前の死体に気がついた。

「そりゃ、はじめ見た時は、死んでるかどうかは分かりませんでしたよ。だけど、ずっと見ていてもぜんぜん動かないし、あの恰好を見れば、たぶん死んでるんじゃないかって……分かるでしょう？」

矢沢青年に対する事情聴取を終えると、今度は一枝の番だ。

「死体があることに、まったく気付かなかったのですか？」

「ええ、新聞屋さんが教えてくれるまで、ちっとも知りませんでした」

「しかし、何か物音とか、おかしいと思うようなことはあったでしょう」

「いいえ、べつに……ああ、ただ、夜中にチャイムが鳴ったんですよね」

一枝は昨夜のあの奇妙なチャイムのことを話した。

「それは間違いなく、防犯用のチャイムの音だったのですね？」

「ええ、呼び鈴とはまるで音が違いますから、分かるんです」

「時刻は何時頃でした？」

「ちょっと時計を見たんですけど、十一時になるかならないかっていう時でした」

「外を見た時、ドアの下には注意しなかったのですか？」

「ええ、見ませんでした。だって、まさかそんなところに人がいるなんて、想像もつきませんもの」

「そうすると、その時から死体があった可能性がありますね」

「そうかもしれません。でも、その時はまだ死んでいたわけじゃないのでしょう」

「あははは、それは言葉のあやです」

刑事は苦笑したが、実際、のちの検視の結果、一枝がチャイムを聞いた時点ですでに「彼」は立派な死体だったらしいことが分かった。

そのあと、一枝は死体の顔を見せられた。いやだと断ったのだが、もしかすると知人であるかもしれないと説得された。

男は四十歳から五十歳ぐらいの、見たことのない顔であった。

「知りません。知らない人です」

刑事が青いビニールシートを捲《まく》って見せた顔を覗き込んで、一枝はほっとして言った。言うと同時に腹が立ってきた。

「だけど、何だってうちの店の前で死ななきゃならないのかしら。まったく、迷惑な話だわ」

「いや、この人はここで死んだのではなく、どこかで殺されてから、ここに運ばれてきた可能性があるのですよ」

「えっ、ほんとですか？　どうして……」

一枝は絶句した。ネコやイヌの死骸《しがい》だって、気味が悪いのに、人間の死体を捨てていかれたのでは、たまったものではない。

「どうしてそんなことをされるのか、何か思い当たることはありませんか?」

刑事は訊いた。

「あるわけないでしょう!」

一枝は刑事がその犯人ででもあるかのように、噛みつきそうな顔をして叫んだ。

4

軽井沢署の捜査本部に竹村岩男《たけむらいわお》警部が到着したのは、正午過ぎだった。まだ昼食前だったが、竹村は署長に頼んで、ただちに捜査会議を招集してもらった。


竹村が「信濃のコロンボ」と異名を取る、長野県警きっての名探偵であることは、軽井沢署の刑事たちが全員知っていて、ふだんより緊張した雰囲気で主任捜査官を迎えた。

しかし、当の竹村は、一見したところ、顔つきや服装が、どことなく野暮ったい、ただのオッさんという印象だ。もっとも、そういうところが、テレビのコロンボ警部を髣髴《ほうふつ》させるといえなくもない。

竹村は軽井沢署の捜査員が、これまでに集めたデータを聞かせてもらった。

追分の『ひいらぎ』の前で死んでいた男の身元は、まだ判明していなかった。

所持品に、名刺や免許証など、身元を示すようなものが無かったのである。背広にも名前の刺繡《しゅう》はなく、クリーニング店の縫いとりも無かった。

血液型はO型、前料があるかどうか、現在、指《し》紋《もん》を照合中であった。

すでに午前中かけて、付近の聞き込み捜査が行なわれていた。

被害者がどこかに立ち寄った形跡はないか、被害者および不審な人物、車等を目撃した者はいないか、信濃追分駅を中心に、国道18号線の南側については、集落のすべてについて、聞き込み作業はほぼ終了している。まだ県警や隣接する警察署からの応援が到着しない時点で、少ない軽井沢署員だけの作業としては、かなりの進捗《しんちょく》状況というべきだろう。

「午後からは国道18号線の北側——旧道沿いの集落を調べる予定です」

軽井沢署の刑事課長が言った。

「分かりました。とりあえず、身元確認の作業に全力を尽くすことにしましょう」

竹村はそうまとめて、会議を解散した。

いつの事件の場合もそうだが、初動捜査《しょどうそうさ》は神経を使い、肉体的にももっとも疲れる作業だ。ことに、身元不明で、しかも目撃者が無いという状況では、焦点を絞り込むことができないので、無駄なエネルギーを使わなければならないのがつらい。

竹村は遅い昼食に、軽井沢名物『かぎもとや』の蕎麦《そば》を食った。長野市を出る時から、運転役の木下《きのした》刑事に、それだけが楽しみのように言っていた。

「また蕎麦ですか」

木下はそれほどの蕎麦好きではないから、いやな顔をした。

「いやなら、天丼でも何でも、べつの物を食えばいいじゃないか」

「いいですよ、同じ物で」

「変なやつだな。何もおれに義理立てすることはないだろう」

「そんなことといったって、警部が蕎麦なのに、部下が天丼てわけにいかないでしょう」

「あ、そういう恩着せがましいことを言われちゃ、あまりいい気分がしないな」

「恩なんか着せるつもりはありませんよ」

「しかし、そういうふうに聞こえるぜ」

助手席の吉井《よしい》部長刑事が呆れて、「そんなつまらないことで、いがみ合わないでくれませんかねえ」と窘《たしな》めた。

「これが、わが長野県警捜査一課の誇る、名コンビかと思うと、情けなくなりますよ」

竹村も木下も、吉井のひと言で、仏頂面《ぶっちょうづら》をしながらも、沈黙した。


結局、『かぎもとや』では、三人とも天麩羅《てんぷら》蕎麦を食った。竹村はいそいそとして大満足だったし、木下も天麩羅がついているから、それなりに不満はなかったようだ。

死体発見現場の『ひいらぎ』までは、そこからほんのわずかの距離である。『かぎもとや』の店員たちも、事件のことは知っていて、ひそひそと噂《うわさ》話をしあっている。しかし、竹村たちが警察官であることに気付いていないから、時には話の内容がここまで聞こえてくることもあった。

「さっき刑事が来た時、写真を見たけどさ、どこかで見たような顔なんだよな」

一人が言うと、相手も「おれも見たことがあるような気がした」

「だけどさ、そんなこと言うと、警察がうるさいから黙っていたけどさ」

木下が憤然として立ち上がった。

「ちょっとあんたら、そういうことじゃ困るんだよねえ」

いきなり怒り出したから、店員はびっくりしたにちがいない。木下が手帳を見せると、「しまった！」という顔になった。

「知っているなら、知っていると言ってもらわないと、偽証罪《ぎしょうざい》を適用することになるかもしれない」

木下は高圧的に言った。

吉井は竹村の顔色を窺《うかが》った。

あんな出鱈目《でたらめ》を言って脅《おど》して、いいんですか？　と、目で訊いている。竹村は気付かないふりをして、エビの尻尾《しっぽ》をしゃぶって、つゆの中にポトンと落とした。

「いや、見たような顔だと思ったんですけど、はっきりそうだとは分かりませんでしたからね」

店員は唇《くちびる》を突き出すようにして、ブスッと弁解した。

「それならそれで、そう言ってもらわないと困るよ。警察だって一生懸命やってるんだから、あんたらも協力してくれなくちゃ」

客は竹村たちの三人のほかには、地元の人間らしいのが二人いるだけだった。木下が大きな声で喋るので、びっくりして、蕎麦を食う手を休めていた。

「それで、どこで見たっていうの？」

木下は乱暴な口調で訊いた。事情聴取はなるべく丁寧な言葉遣いで——と指導しているのだが、木下のそういうところは、いっこうに改善されていない。あれでよく問題にならないものだ……と、吉井などはビクビクものであった。

「だからァ、見たっていっても、似たような顔を見たっていうことでェ……」

店員は迷惑げに、曖昧《あいまい》な返事をしている。

「だいたい、あんな死に顔を見たって、分かるはずないでしょう」

刑事が持ち歩いているのは、さっき撮ったばかりのポラロイド写真の「デスマスク」だ。素人《しろうと》が見れば、気味が悪いばかりで、これで生前の人相と同じかどうか、正直なところ、警察側だって自信はない。

「いいんだよ。違ってもいいからさ、いつどこで見たかを言ってくれないか」

木下もいくぶん、やわらいだ言い方になった。

「去年の秋なんですけどね、追分の全国大会があった時、お客さんに会場へ行く道を訊かれたんです。そのお客さんの顔と似ているかなって……だけど、よく分かりませんよ。人違いかもしれないし」

「ちょっと待った。その追分の全国大会ってのは、何なの？」

「だから、あれですよ、追分のなんていうか、のど自慢みたいなものじゃないのかな」

「追分ののど自慢？」

「つまり、追分節《ぶし》の——っていう意味じゃないのかい？」

吉井が後ろから助け船を出した。

「そうです。あっちこっちから、追分節を歌う人が集まってきて、のど自慢をやったのだと思います」

店員も、ようやく話の分かる人間が現れた——という顔になった。

「その大会はどこでやったの？」

吉井は立って行って、店員に訊いた。

「浅間《せんげん》神社ですよ。追分地区の旧道のところにある神社です」

「じゃあ、そこへ行けば大会の様子は聞けるんだね？」

「どうかなあ、神社は関係ないと思いますけどねえ。役場の観光課のほうが詳《くわ》しいんじゃないかな」

しかし、電話で役場に問い合わせたところ、会を主催したのは追分地区だから、そこへ行ってくれということであった。

「油屋《あぶらや》旅館というのがありまして、そこのご主人が何でも話してくれると思いますよ」

そう言っている。

「よし、行こうか」

竹村は立って、蕎麦代を自分の分だけ、テーブルの上に置いた。

5

詩人・立原道造《たちはらみちぞう》はわずか二十五歳の若さで死んだが、死ぬ二年前、軽井沢・追分の油屋旅館が焼けた火災で、あやうく焼死するところだったというエピソードがある。

その頃、油屋には道造のほかに、堀辰雄《ほりたつお》や詩人の野村英夫《のむらひでお》なども滞在《たいざい》していた。

油屋旅館はその昔、追分が中山道《なかせんどう》の宿場であった頃は、脇本陣《わきほんじん》として隆盛《りゅうせい》をきわめていた。

中山道は、皇女和宮《かずのみや》が江戸へ向かった道として知られているように、参勤交代《さんきんこうたい》の大名行列も通る、重要な街道であった。

京都から中山道を下ってくると、追分宿が信濃の国の東はずれにあたる。ここを発《た》って、碓氷《うすい》峠の難所を越えれば、もはや東国である。いわば追分の宿場は中山道における、西と東の文化の接点でもあったわけだ。

油屋には多くの飯盛り女（遊女）たちが抱《かか》えられていたし、東西の文人墨客《ぶんじんぼっかく》も滞在した。ある意味では、地方文化の拠点としての役割も果たしていたにちがいない。

追分宿は明治維新後は急速に衰退したとはいえ、それでもなお、交通の要衝《ようしょう》としての地位は変わりなかった。

だが、鉄道の敷設《ふせつ》とともに、追分宿はいっぺんに様変わりしてしまう。

どういうわけか、鉄道は追分宿から南へ、直線距離でも一キロ以上離れた地点を通過することになった。しかも、敷設当時には、現在の信濃追分駅は無かったのである。

旅人から見放されて、追分宿はまたたくまにゴーストタウンと化した。沢山の旅籠《はたご》は廃業し、土地を去った。残ったのは油屋ほか二、三軒のみで、それもほとんど開店休業状態といってよかった。

その追分宿がふたたび脚光を浴びたのは、大正時代の末頃である。

鉄道省の役人が、追分の宿場としての衰退を気の毒に思って、廃墟《はいきょ》のようになった旅籠を利用して、ここに東京帝国大学をはじめ、高等文官試験を目指す学生、書生たちの合宿所のようなものを開設したのである。その中核となったのが油屋旅館であった。

その後、ここにいわばエリートの学生たちが集まって、ひまさえあれば天下国家を論じるような雰囲気が、新しい追分の風景を創出していった。

現在でも、軽井沢の多くの別荘地の中で、追分周辺には学者や大学教授の別荘が多いのは、当時のなごりといっていい。

立原道造や堀辰雄、野村英夫なども、そうして集まったインテリたちのうち、文学を志す仲間であっただろうし、道造や堀などは、すでに胸を病んで、療養《りょうよう》のための滞在であったのかもしれない。

油屋の火事は、豚小屋で飼料を煮ていた火が、おりからの強風で飛び火したのが原因とされている。

火災が発生した時には、堀辰雄は軽井沢の川端《かわばた》康成《やすなり》の別荘に遊びに行っていて留守だった。野村と道造は火事が起きたと聞いて、慌《あわ》てて外へ逃げ出した。しかし、総檜《ひのき》造りの建物は思ったより燃える速度が遅いので、道造だけが二階の部屋に戻り、著作中の原稿などを持ち出そうとしたらしい。

ところが、いざ逃げようとして、階段の上までくると、下のほうで切れた電線がスパークしている。気の弱い道造はびっくりして部屋に引き返し、二階の窓から飛び下りようと考えた。

だが、油屋の二階はいわゆる出格子《でごうし》が嵌《は》まっていて、ちょうど牢屋にでも入ったような具合で、外に出られない仕組みだ。

格子は太いものであった。かつては油屋は宿場の脇本陣だったから、出格子には、外部からの侵入を防ぐのと同時に、中の飯盛り女たちの逃亡を防ぐ役目があったらしい。

道造は格子の隙間から「助けてくれ」と叫んだ。背後から煙と火が迫ってくる。道造は生きた心地もなかっただろう。いや、実際、間一髪《かんいっぱつ》というタイミングで、近くの大工が梯子《はしご》をかけ、格子を鋸《のこ》で切って、ようやく救出された。昭和十二年の晩秋のことである。

油屋旅館は現在も追分の旧街道沿いで営業している。昔の建物はその火事で焼失したが、その当時の面影《おもかげ》を活かした、落ち着きのあるたたずまいだ。ロビーの壁に、道造が送ってきた書簡が展示されている。文面に、火事で九死に一生を得たときのことが書かれているのが、微笑《ほほえ》ましい。

この油屋の先代主人・小川誠一郎《おがわせいいちろう》は『追分節保存会』の創始者で、息子の貢《みつぐ》が現会長をしている。信濃追分節は各地にある追分節の原形といわれるものだ。

追分枡形《ますがた》の茶屋のヨー
ホロと鳴いたは　アリャ
忘らりょか　ハイハイ

小諸《こもろ》出てみりゃ　エー
浅間の山にヨー
今朝も煙が三筋立つ　ハイハイ

信濃追分節は、もともとは、小諸から碓氷峠を越えて、松井田の坂本宿まで通う馬子《まご》たちの労働歌――馬子唄――だったものが、追分宿の遊女たちが弾く三味線の音にのって、メロディーが確立され、『追分節』という民謡の一形態として位置づけられたものといわれている。

『追分』という言葉そのものの意味は、牛馬を追い分けるということから発しているともいわれ、それが転じて、街道が二股に分かれるところを指すようになったともいう。

したがって、「追分」という名称は全国いたるところの街道筋にあるわけだ。東京の新宿にも

「新宿追分」があったし、いまでも名物「追分だんご」というのがある。

　また、馬による輸送もどこでも見られたはずだし、街道を往来しながら、馬子が鼻歌まじりに歩くのも、珍しい風景ではなかったにちがいない。

　現に、信濃追分節の原形といわれる「小諸馬子《こもろまご》唄《うた》」は、三重県の鈴鹿《すずか》馬子唄の流れを汲《く》んでいると考えられているそうだ。

　しかし、数多い馬子唄が、ここ信濃追分宿でのみ『追分節』として、三味線の音曲にのる民謡の位置にまで昇華《しょうか》することになった事実は、特筆しなければならない。

　信濃追分宿は、江戸から京へ向かう中山道と分かれて、越後へ向かう北国街道の起点でもあった。国道18号線の脇に「分去《わかさ》れ」という地名が残っている。

　この地で生まれた追分節は北国街道を通って、北へ伝えられ、各地で根を下ろしながら、それぞれの土地にマッチした追分節へと転化していったのである。

　新潟の越後追分と小木《おぎ》追分、山形の酒田《さかた》追分、秋田の本荘《ほんじょう》追分と秋田追分、そして究極的には北前船で北海道松前に渡り、かの有名な江差追分になる。

　また、西のほうへ伝わったものは、島根の出雲《いずも》追分と隠岐《おき》追分になったともいわれている。

　このように各地に現存する追分節や馬子唄の愛好者たちを、一堂に集めて、それぞれのお国自慢の唄を披露し、自慢ののどを競い合おうという試みが、軽井沢町観光課の音頭で、昨年から始められた。

　この催しのために、町は二百万円の予算を計上するという、力の入れようだ。

第一回は北海道の江差追分、秋田県の本荘追分、秋田馬子唄、神奈川県の箱根馬子唄、三重県の鈴鹿馬子唄、それに地元の信濃追分と六組の出場者にとどまったが、第二回以降はしだいに全国的な盛り上がりを見せるだろうと期待されている。

会の主催は軽井沢追分地区。協賛は軽井沢町役場の観光課だが、もちろん、追分節保存会がその後援に当たった。保存会会長の油屋の小川貢は、追分地区会長も務めているので、当然、会の運営の中心的な役割を果たした。

竹村警部の一行が油屋を訪ねた時、小川は何かの書物を調べていた。刑事の訪問と聞いてもそれほど動じる様子はなかった。

細面の、すでに初老といってもいいような年齢だが、さすがに脇本陣の直系だけあって、ゆったりと構《かま》えた容姿《ようし》には品格が感じられた。

竹村は小川に問題の写真を見せた。

「昨夜の事件の被害者ですが、見たことはありませんか？」

小川貢は、しばらく写真を見て、「知りませんねえ」と言った。それからもう一度、はっきり「見たことのない顔です」と言い直した。

「蕎麦屋の『かぎもとや』の店員が、去年の大会の時、店の客に会場へ行く道順を訊かれたのだそうです。その人相がこの写真とそっくりだったというのですがね」

「そうですか。しかし私は見たことはありませんねえ。『かぎもとや』さんの店員さんがそう言うのなら、おそらく会の関係者ではないでしょう。関係者の皆さんには、会場の地図もお送りしてありますから。それに、自慢するわけじゃありませんが、子供の頃からこういう商売をしている関係で、私は人の顔と名前はよく憶えているタチなのです。去年の出場者はもちろん、名刺を交換したような関係なら、すべて記憶しているつもりですよ。しかし、この人に会った記憶はまったくありませんねえ」

「そうすると、出場者や関係者ではなく、ただの聴衆の中の一人だったということでしょうかねえ」

「そういうことだと思いますよ。だとすると、何しろ大勢のお客さんでしたからねえ。その中にこの人がいたとしても、記憶に留《と》めることは不可能でしょう」

竹村はそこで、あらためて小川の口から、大会当日の様子を聞いた。

彼の話によると、『全日本馬子唄・追分節コンクール』は、去年の十月十一日に、軽井沢町の「紅葉《もみじ》祭り」の行事の一つとして行われている。会場は油屋旅館の並びにある、浅間神社の境内である。そこに舞台を造り、二十数人の出場者と六百人の観衆を集めて開かれた。

時刻は正午から約二時間。観衆はもちろん地元の人間が多かったが、約半数近くは観光客だったと推定される。小川が言うとおり、かりにその中にこの写真の人物がいたとしても、観衆の中の一人でしかないのだ。

木下の待つ車に戻りながら、吉井は竹村を慰《なぐさ》めるように言った。

「しかし、とにかく、この男が会場に行ったことだけは確かなのでしょう」

「ああ、それはそうだが、六百分の一の存在じゃ仕方がないだろうねえ」

それからふと立ち止まり、竹村は思い直したように言った。

「しかし吉チョーの言うとおりかもしれないな。少なくとも、この男は追分節を聞きに行ったのだ。そのことに何か意味があるにちがいない。いまは雲を摑《つか》むような話だが、いずれはそのことがキーワードになるかもしれないよ」

「はあ、そうなるといいですね」

吉井が自信なさそうに言うのを尻目に、竹村はパトカーの中に潜《もぐ》り込んだ。

6

被害者の死因は青酸性毒物《せいさんせいどくぶつ》による中毒死と判明した。解剖《かいぼう》の結果、臓物《ぞうもつ》のびらんが、腸《ちょう》に近いところから爆発的に始まっていた。おそらくカプセル様の容器に入った毒を、薬と偽《いつわ》って服用させられたのではないか……という推論であった。

死亡推定時刻は三月四日の午後六時から九時頃までの間――つまり、死体が発見された前夜のまだ宵《よい》の口といっていい時刻のことである。

丸岡一枝の店『ひいらぎ』の前に死体が置かれたと思われる午後十一時頃には、すでに死後二〜五時間を経過していた可能性があるというわけだ。

事件捜査が始まったばかりのその日、午後四時頃から雪が降りはじめた。

二月末から三月末にかけてのこの時期は、軽井沢がもっとも大雪に見舞われる季節である。ほかの地方の人間、とくに東京辺りの者は、軽井沢には厳冬期に雪が降ると思いがちだが、実際には、冬型の気圧配置では、軽井沢に雪はさほど降らない。

太平洋側に低気圧が発生し、関東沖辺りを通過すると、東京付近と一緒に天気が崩れて、かりに東京は雨でも、軽井沢は雪になる。それもひと晩に三十センチくらいの大雪が降ることが多い。

雪は、翌朝にかけて、かなりの積雪になった。もはや現場周辺での遺留物捜索《いりゅうぶつそうさく》などは不可能な状態である。

聞き込み捜査のほうは、ひととおり、現場周辺……追分地区一帯と国道18号線沿いの隣接地《りんせつち》……に関してはほぼ完了した。といっても、『かぎもとや』の例もあって、ローラー作戦が完璧《かんぺき》なものであったかどうか、確信は持てない。

だいたい、警察が行なう「ローラー作戦」というのは、犯人側から見ると、それほど恐ろしくない。むしろせせら笑いたくなるような代物なのだ。

グリコ・森永事件の犯人が、捜査当局に送りつけた手紙の中で、警察のローラー作戦に何度も出合いながら、何事もなく通過していったことをばかにして書いていたのは、そのいい例である。

午後八時から開かれた捜査会議では、それまでに分かっていることの再確認と、収集されたデータの突き合わせといった程度のことしか、議題がなかった。

「とにかく、謎というより、分からない点の多い事件だね」

竹村警部は平板な口調で言った。内心は落胆と焦燥感にかられていても、主任捜査官たる者、表面的には平静を装っていなければならない。

「被害者の身元がいぜんとして不明だ。それに、なぜあの場所に死体が遺棄《いき》されたのかも分からない。死体が遺棄されたと思われる時刻に、『ひいらぎ』のチャイムが鳴ったそうだが、飼い犬はまったく吠えなかったということだったね。それはなぜなのかな。被害者については、『ひいらぎ』の経営者・丸岡一枝さんはまったく知らない顔だと言ってるそうだが、それは信じていいのだろうか？」

「はあ、自分の印象としては、嘘は言ってないと思いました」

最初に『ひいらぎ』に駆けつけ、丸岡一枝に対する事情聴取をした、軽井沢署の工藤刑事が答えた。

「しかし、何の理由もなしに、あんな場所に死体を捨てて行くというのはおかしいね。たとえば、丸岡さんには、誰かに恨まれるようなことがなかったかどうか、その点を追及してみたのかな？」

「はい、ひととおり事情聴取をしましたが、恨まれるような事実はまったくないということです」

「データによると、たしか、丸岡さんは東京出身で、女性の一人暮らしだそうだが、そういう点についての事情聴取も行なったのだろうか？」

「はい、一応は行ないました。しかし、こちらに住むようになったのは、まったくの本人の考えであって、勤務先とトラブルがあったとか、男女関係がからんでいるとか、そういったことはないそうです」

「それも信じていいですか？」

「いいと思います。結婚しないのも本人の意志だそうでして、じつはその……これは、あくまでも近所の噂でありますが、その、彼女はその、バージンではないかという……」

若い工藤は、言いながら顔を赤らめている。緊張した空気が崩れて、軽い失笑があちこちから湧いた。

「ふーん、ほんとかねえ……ええと、たしか彼女は三十七歳だったか。ふーん、そうですか……」

竹村は真顔で感心した声を出した。二十歳までにほとんどの女性が処女を失うと言われているような現代に、そういう奇跡もあるのか――と思った。

「それじゃ、なにか、よほど魅力がないとか、そういう女性なのかな？」

「いえ、それがですね、かなりの美人なのであります」

工藤はやけに力をこめて、言った。竹村もそれを受けて、ニコニコ顔になった。

「そうか、美人か、いいね。じゃあ、明日の朝いちばんで案内してもらおうかな」

「はい、了解しました」

工藤は意気込んで言った。しかし、竹村はすぐに答えを変えた。

「いや、そうだな、明日でなく今夜にしようかな」

「今夜、ですか？」

「うん、そうしよう。十一時頃、誰か死体を連れて行くことにしよう」

「は？……」

工藤は自分の聞き間違いかと思って、目を見開いて、竹村の顔を見つめた。

「つまり、犯人たちと同じことをやってみようと思うのだよ」

「あ、なるほど……しかし、死体がありませんが」

「だからさ、誰かに死体になってもらってだね」

竹村の視線が木下刑事を捉えた。木下は慌てて手を横に大きく振った。

「だめですよ、私はだめです。死体には向いていませんよ」

「そんなことはないよ、死体としてはかなり上等のほうだ」

会議室にどっと爆笑の渦《うず》が起こった。一人、木下だけが憤懣《ふんまん》遣《や》る方ないという顔で、黙っていた。

7

雪はしんしんと降っていた。追分駅付近はあまり車の交通量が多くない。ことに『ひいらぎ』の前の道路は、めったに車が通らないところだ。したがって、道路上の雪は厚く、タイヤの音を消してくれる。

スパイクタイヤを履《は》いた車は、雪をきしませながら、ゆっくりと進んだ。

店から少し離れたところで車を停め、工藤を先頭に竹村、吉井、木下の順でそろそろと近づいた。最後尾《さいこうび》の木下は憂鬱《ゆううつ》そのもののような顔で、これでもし動いていなければ、それこそ死人に間違えられそうだ。

四人は足音を忍ばせて歩いた。もっとも、この雪である。歩いている本人にさえ、自分の足音が聞こえないほどであった。

それにもかかわらず、道路を外れて、『ひいらぎ』の敷地内に一歩、入り込んだとたん、けたたましく犬が吠えだした。

四人はギクッと足を停め、それから竹村だけが雪明かりの中でニヤリと北叟笑《ほくそえ》んだ。

竹村は後ろを振り返り、木下に小声で命じた。

「おい、あそこのドアの前に倒れ伏せろ。ゆっくりだぞ。死体が滑《すべ》り込んだりしたらおかしいからね」

　木下はふてくされたように歩いて行って、頭を先に、そうっとドアの下へ体を伸ばすように伏せていった。

　建物の奥でかすかなチャイムの音がした。犬が相変わらず吠えているので、よく聞き取れないが、それでもまちがいなくチャイムは鳴ったのである。やはり木下がやったような「死体遺棄」の方法でも、赤外線探知機は視野内の異常をちゃんとキャッチすることが立証されたわけである。

　ドアのガラスの向こうにあるカーテンに、一条の明かりが射した。奥から一枝が店に出てくるのだろう。

　カーテンの端から外を覗く気配を察知してから、竹村は大股《おおまた》に歩いて行った。

「どうも、警察の者です。夜分お騒がせして恐縮です。また明日の朝、あらためてお話をお訊きしに来ます」

　挙手の礼を送ってから、回れ右をした。雪の上に寝そべっている木下は、まるで阿呆《あほう》のような顔をして、恨めしそうに竹村を見上げていた。

　翌朝十時の開店時刻に合わせて、竹村は吉井と木下を連れ、約束どおり『ひいらぎ』を訪問した。工藤が言っていたとおり、『ひいらぎ』の女主人・丸岡一枝は、年齢のことはともかく、なかなかの美人であった。

　ただ、しいていえば、顎《あご》が細く、鼻筋や首筋などが少女のようにスキッとした感じで、女らしいふっくらした魅力に欠ける。人相学的なことは知らない竹村だが、なんとなく、家庭的には幸せ薄い人生を歩むのではないか――と思った。

「変わったお店ですね」

竹村は一歩、店に入るやいなや、グルッと見回して言った。

「珍しい品物がいっぱいありますね」

お世辞ではなく、こまごまとした商品が、よくもこれだけ集められたものだ——と感心するほど陳列してある。どれもこれも個性的で、ほかではちょっと見られそうにない商品ばかりである。

「こういうのは、女の子が見たら、欲しがるでしょうねえ」

「ええ。でも、女の子ばかりでなく、年配の方だって、こういうものを喜びますのよ」

一枝はいとおしそうに、商品たちを眺め回しながら、言った。

「ふーん、そういうものですか。じゃあ、うちのカミさんも喜ぶかな?」

「もちろんですよ、女性はいくつになっても、少女の気持ちを失わないものですもの」

「そういうものですかねえ。あいつを見ていると、とてもそうは思えないけどなあ」

竹村は自分でも呆れるほどの朴念仁《ぼくねんじん》だ。女性の感情の機微《きび》など、とてものこと、理解できないと思っている。

「あれは魔女ですか?」

竹村は奥のほうの壁を指差して、一枝に訊いた。

「ええ、そうです。可愛いでしょう」

「はあ、可愛いというのですかねえ、こういうのが……」

人形とはいえ、魔女は魔女だ。ホウキに跨って、三角帽子をかぶった老婆の姿を、「可愛い」と感じるのは、いったいどういう精神構造なのだろう——と、竹村にはやはり女性心理は謎としか言いようがなかった。

「ずいぶんいろいろな魔女があるのですね。この辺りは魔女だらけだ」

「いま、お客さんたちに、この魔女がすごい人気なんです。この皮製の魔女なんか、芸術作品と言ってもいいくらい、すばらしいものでしょう」

「そうですねえ」

頷《うなず》いてみせたけれど、竹村にはさっぱり分からない。変わったインテリアだ——ぐらいには思うが、「すごい人気」になるというのが、である。

「キノさん、彼女に買って行ったらどうだ。喜ぶぞ」

「そりゃ、喜ぶのは分かってますけどね、お値段を見てから勧めてくれませんか。刑事風情《ふぜい》にはとても買えませんよ」

なるほど、小さな値札に書いてある数字を見ると、竹村の金銭感覚をはるかに上回る金額だった。

それを確認したところで、竹村はようやく本題に入ることにした。

「昨日の夜、ちょうど十一時にお邪魔したのですが」

「あ、そうそう、ずいぶんびっくりして、怖くて、もう少しで一一〇番するところだったのですから、いらっしゃるなら、あらかじめ教えておいてくれないと困りますよ」

一枝は、昨夜のことを思い出して、きつい目で竹村を睨《にら》んだ。

「ははは、申し訳ありません。じつは、あれは実験だったもので、予告なしにやって来たのです」

「実験……っていうと、何の実験ですか?」

「いや、ああやって近づくと、お宅の犬が吠えるものかどうかですね、それを確認するための実験です。そうしたら、犬はちゃんと吠えましたね」

「そうですよ、うちのコタローは怪《あや》しいヤツが入ってくると吠えるのです」

「あははは、刑事は怪しいヤツっていうわけですかね」

「あ、いえ、そういうわけじゃないですけど。つまり、夜近づく人は怪しいと……」

「いいのですよ。要するに、犬はちゃんと吠えたという事実が確認できたことが重要なのです。しかし、あなたの話によると、事件のあった晩は、まったく吠えなかったのでしょう？　それはなぜか……という疑問があるわけでして」

「そうなんです、ほんとに、ぜんぜん吠えなかったんですよね」

一枝は、自分が職務を怠《おこた》ったように恐縮して、当惑げに眉をひそめた。

「あんなところに死体を運んで来たのに、どうして吠えなかったのか、不思議でしようがないんですよね」

「犬は……ええと、コタローくんでしたか。彼は夜間、知らない人が近づくと、必ず吠えるのでしたね？」

「ええ。ですから、夏だとか、夜でもお客さんがみえる頃は、ずっと家の中に入れておくんです。それでも、時には吠えることがあるくらいなんです」

「それなのに吠えなかった、となると、これはいよいよ不思議ですねえ。なぜだと思いますか？」

「さあ……なぜでしょう？」

一枝は首を横に振った。

「一つだけ考えられるのは」と竹村は言って、唇を舐《な》めた。

「近づいた人物が、コタローの知っている人だったということです」

「えっ?……」

　一枝は思わず非難する目付きになって、それから、ゆっくりと疑惑の視線を空中に泳がせた。

「じゃあ、私の知っている誰かが、あんな死体を運んで来たんですか?」

「そう考えるほかには、犬が吠えなかったことを説明できませんからね」

「でも……そんなこと言っても、いったい誰が?……」

「それはこれから、われわれが調べます。丸岡さんは、できるかぎりの知り合いの名前を、われわれに教えてくれればいいのです」

「はあ……」

　一枝は木製の椅子に腰を落として、いまにも泣きだしそうな顔になった。

第二章　八百屋お七の墓が呼ぶ

1

東京大学前の大通りを、「本郷通り《ほんごう》」という。かつてはここを、日本橋から王子《おうじ》・飛鳥山《あすかやま》までゆく19番の都電が走っていた。だから、その当時から住んでいる年配の人たちは、いまだに「電車通り」などと呼ぶことがある。

もともとこの道は、江戸時代の初期に、日光の東照宮へ行く「御成《おなり》街道」として整備された道路である。途中、現在の埼玉県岩槻《いわつき》を通ることから「岩槻街道」とも通称されていたようだ。

御成街道＝本郷通りと、東大農学部前辺りで分かれて北西へ向かう道が、かつての中山道だ。白山上《はくさんうえ》から板橋、大宮、熊谷、高崎といった宿場を通り、碓氷峠を越えて信州へ抜ける。

つまり、ここもかつては街道の岐路《きろ》だったところで、「本郷追分」と呼ばれていた。

いまでこそ、車が往きかう広いアスファルト道路だが、ものの百年ちょっとを遡《さかのぼ》れば、長旅へ出る旅人たちが、江戸に別れを告げ、気持ちとともに草鞋《わらじ》の紐《ひも》や笠の紐を締め直す風景があったのである。そういうことを想像すると、昔が今に繋《つな》がっていることを実感できる。

この「本郷追分」の交差点の角に、「高崎屋」という酒店がある。外見だけでは取り立てて珍しい店という印象はない。ただ、店の脇にある古びた土蔵造りのような倉庫が、いまどきの東京には珍しいかな――といった程度である。

しかし、この高崎屋は江戸時代中頃からこの場所で商《あきな》いをしている、なかなか由緒《ゆいしょ》ある酒屋なのだそうだ。もとは、旅人が一服する腰掛け茶屋みたいなものからスタートしたらしいが、やがて繁盛し、旅宿や酒屋、はては両替屋まで経営する一大コンツェルンの観を呈した。

その当時、高崎屋で面倒を見ていた画家の描いた絵が、現在も高崎屋の店の壁に飾られてある。「本郷追分高崎屋図」と由緒書きのある、大きな鳥瞰図《ちょうかんず》だ。それを見ると、かつての高崎屋は、大きな土蔵がいくつも立ち並ぶ、広大な庭園つきの屋敷であったことが分かる。

もともと、この周辺は大名屋敷の多いところだ。赤門のある東京大学は加賀藩主前田家の屋敷だったし、その向かいの西片町《にしかたまち》一帯には本多家や阿部家の屋敷があった。

阿部家というのは、備後《びんご》（広島県）福山藩主で文教政策に熱心な大名だった。地元福山と江戸下屋敷に藩校をつくり「誠之館《せいしかん》」と名付けた。現在も福山には「誠之館高校」というのがあり、ここ本郷西片にも誠之《せいし》小学校が残っている。

誠之小学校は創立百十余年という、東京でも屈指の伝統を誇る学校で、番町小学校と並ぶ名門進学校としても知られている。

元総理・三木武夫氏夫人もこの学校の出身で、創立百周年記念に際して、当時現職の首相だった三木氏が祝辞を寄せている。

また、作家の加太こうじ氏の「東京のなかの江戸」に次のような一文がある。

母はこどもの頃、近所の染物屋の息子で二歳年下の渡辺金太郎というにぎやかな子どもが、ラッパを吹いて火の用心の夜まわりをするのについてまわったことがあると話していた。母の妹の松と同級生で本郷の誠之小学校の生徒だった渡辺金太郎は、のちに落語家になって春風亭柳橋という芸名で知られた。

三月七日は、夕方から時折みぞれ模様の氷雨が降っていた。

この日、増田亜梨沙《ますだありさ》は午後八時近くまで学校にいた。卒業・進学シーズンになると、教師はテストの採点やら成績表の記入やらで大忙しである。ベテラン教師ならペース配分を心得ているけれど、亜梨沙のように教師になってまだ一年にも満たない者にとっては、最初の卒業シーズンは緊張しないわけにはいかない。

いささか疲労ぎみの体にムチ打って、ともかくも予定の作業を終え、亜梨沙は冷たい横風を傘で防ぐようにして、バス停のある高崎屋の角まで歩いてきた。

高崎屋の嫁、初子《はつこ》がちょうど、シャッターを下ろすために店先に出たところだった。

ふだんは九時までが営業時間だが、こんな夜は客の訪れも少ないから、早い店じまいをする。

「こんばんわ」

「こんばんわ」

初子の長女が誠之小学校の一年生で、亜梨沙は受け持ちではないが、ＰＴＡなどでは顔を合わせるし、それにバス停前の店だから、親しく言葉を交わす機会も多い。

「こんな遅くまで学校ですか？　先生も大変ですねえ」

初子は愛想よく言った。

「おたくだって、ほんとによく働くじゃありませんか」

亜梨沙もねぎらうように言った。

初子がシャッターを一枚下ろして、つぎのシャッターに手をかけたところに、男が一人歩み寄ってきた。週刊誌を頭の上にかざしただけで、傘を持っていない。

年齢は四十歳ぐらいだろうか。この寒さにコートを着ていないのは、まあ三月の声を聞いたからいいようなものの、どことなく見すぼらしく、その上、雨に濡れた様子がいかにも貧相であった。

「閉店ですか？」

男は亜梨沙を店員と思ったらしく、そう訊いた。

「いいえ」と、亜梨沙は反射的に、男が店に入りやすいように、半分閉じた入口の脇《わき》に体を寄せた。

「寒いもんでね、お酒を飲みたいのです。冷《ひ》やでもいいですよ」

男は言いながら店に入った。初子が男のあとに続いて、手近なところにあったワンカップ大関を取って、男に渡した。あまり歓迎したい客ではない——という気持ちが、どことなく、仕種《しぐさ》に出ている。

男は「どうも」と呟き、キャップを開けて、旨そうに酒を飲んだ。ひと口めに半分近くをあけ、舌舐めずりをしながら壁の絵を眺めた。例の、高崎屋の鳥瞰図である。

「へえーっ、ここは本郷追分と言ったのですか」

男は懐かしいものに出会ったような声を出した。

「ええ、わりと最近までそう言ったみたいです。いまは地番名は向丘《むこうがおか》一丁目。ふつうは東大農学部前と言ってますけど」

初子が答えた。

「いや、それは知ってますけどね。しかし、追分というのは知らなかったなあ。そうすると、やっぱり追分節なんかも残っているわけで？」

「は？」

「ほれ、追分節ですよ。江差追分だとか、信濃追分だとかいう」

「ああ、あれですか。そういうのは、べつにないと思いますけど」

「そうですか、ないのですか」

男はつまらなそうに頷いて、視線を腕時計に移すと、残りの酒をそそくさと飲み、金を払って、「どうも御馳走さん」とお辞儀をして店を出た。

外は相変わらずの雨である。男は来た時と同じように週刊誌を頭上《ずじょう》にかざして、急ぎ足で角を曲がって行った。

「いまどき本郷追分の地名を言う人って、珍しいんですよね」

初子は見知らぬ男の後ろ姿を追う姿勢のまま、言った。

「私は嫁に来たから、はっきりは知らないんですけど。昔は、この通りを都電が走っていて、すぐそこの停留所が本郷追分っていったんですって」

「そうですってね。うちの前には一里塚っていう停留所があったって聞きました」

「あら、この辺りにもたしか一里塚ってありますよ」

「ほんと？　じゃあ、ここからうち辺りまでがちょうど一里なのかしら。日本橋から一里ごとに、一里塚があったのでしょう？」

「へー。あ、そうなんですか、はじめて知りました」

亜梨沙の家は、祖父の代までは、その「一里塚」の停留所前でパン屋をやっていたそうである。父の代になって、亜梨沙が子どもの頃には廃業し、アパート経営に転じた。

「あら、寒いでしょう。私なら構いませんから、お店、閉めてください」

亜梨沙は気がついて、言った。

「いいんですよ、ほんとは九時まで開けてなきゃいけないんですから」

初子は言いながら時計を見た。八時十五分を少し回ったところだった。

みぞれは、いくぶん雪の割合が多くなってきたように思えた。

「明日の朝は積もるのかしら？」

亜梨沙は暗い空を見上げて、憂鬱《ゆううつ》そうに言った。

その時、王子行きの標識をつけたバスがやって来た。

「どうもありがとう、おやすみなさい」

亜梨沙は後ろ向きに挨拶《あいさつ》して、停留所までの二十メートルばかりを、傘をささずに走って行った。

2

八百屋お七《しち》の墓のところで、男が死んでいる――という一一〇番通報が入ったのは、三月八日の午前七時過ぎである。

みぞれが夜半から本格的な雪になって、東京の街はところどころ、うっすらと雪化粧をした朝であった。その雪を身に纏《まと》うようにして、男は横たわっていた。

発見者はすぐ近くに住む名倉裕一という老人である。散歩がてら、お七の墓にお参りするのが日課だが、この日は雪のせいで、いつもより少し遅い時刻になった。

「八百屋お七」は実在の人物だが、浮世草子や浄《じょう》瑠璃《るり》、歌舞伎などで喧伝《けんでん》され、あたかも物語の主人公のようにもてはやされ、悲恋悲劇のヒロインになっている。

お七についてはさまざまな言い伝えがあるが、その中のひとつ、馬場文耕作の『近世江都著聞《きんせいえどちょもん》集《しゅう》』（宝暦七年）によると、お七は本郷追分の八百屋太郎兵衛の娘で、彼女が十四歳の時、本郷丸山の本妙寺から出火した火事で家が類焼し、小石川の円乗寺《えんじょうじ》に避難、そこで美男のお小姓と恋に落ちた——となっている。

お小姓の名はこの本では「山田佐兵衛」とされているが、井原西鶴の浮世草子『好色五人女』の巻四「恋草からげし八百屋物語」では、お七は江戸本郷の八百屋八兵衛のひとり娘。また、避難先は駒込吉祥寺。若衆の名は吉三郎《きちさぶろう》となっている。

どの作品にも共通していることは、本妙寺の火事が原因で寺に避難し、そこで恋のほむらに身を焦がしたお七が、つのる恋心を抑えきれず、家が焼ければまた寺に避難して恋人にも会える——と思い込み、自分の家に放火したというくだりである。

ところで、この「本妙寺」というのは、江戸時代最大の「明暦《めいれき》の大火」、別名「振袖《ふりそで》火事」の出火元としても有名だ。

振袖火事は明暦三年（一六五七）一月十八日と十九日につづけざまに起きた大火で、江戸市中のほとんどを焼きつくし、江戸城の天守閣まで全焼したというものだ。死者は三万七千とも十万二千ともいわれる大惨事であった。

この大火が「振袖火事」といわれるのは、つぎのような理由による。

麻布百姓町の質屋のひとり娘・梅野は本妙寺参《さん》詣《けい》の帰路、上野山下で美しい若衆と擦れ違った。その若衆にひと目惚れして、その後若衆が着ていたのと同じ模様の振り袖をつくり、かつらをつけた枕にそれを着せて、朝な夕な、夫婦遊びに耽《ふけ》るようになった。いまでいう完全な「ビョーキ」状態である。

あげくのはて、梅野は焦《こ》がれ死にしてしまう。両親は悲しみのうちに本妙寺で葬儀を行ない、問題の振り袖を寺に納めた。

本妙寺では、しばらくすると前例に従って、その振り袖を古着商に売り渡す。ところが不思議なことに、翌年の梅野の命日に、上野山下の紙屋の娘の葬儀があって、その振り袖が同様に寺に納められた。またその着物を古着屋に売ったところ、さらに翌年の命日に、本郷元町の麴《こうじ》商の葬儀があって、三度、振り袖は寺に戻ってきた。

さすがの住職も気味が悪くなって、三人の娘の親たちを施主にして施餓鬼《せがき》のために振り袖を焼いた。

ところが、その時、一陣の怪しい風が吹いて、燃える振り袖を本堂の屋根に舞い上げ、たちまち火の手が広がった――というのである。

もっとも、こっちの話は八百屋お七の物語を真似たつくりばなしの色あいが濃く、お小姓風の若い男に恋をするあたりも同工異曲といっていい。

その八百屋お七の墓は、円乗寺という寺の境内《けいだい》の一部にあるが、実際に行ってみると、巨大なマンションの谷間のような場所だ。陽の当たらない路地の奥に、ひっそりと佇《たたず》んでいる。

まるで自転車置き場のような、片流れの屋根の下にいくつかの墓標が並び、その一つがそうだといわれているのだが、よほど詳しい人の説明でも聞かないかぎり、どれがお七のものか判然としない。

男の死体はお七の墓のある、自転車置き場ふうの建造物と、その隣のお堂との隙間のようなところに、顔を下にして倒れていた。

まずいことに、発見者の名倉老人は、最初、男が死んでいるとは思わずに、傍《そば》に寄って背中の辺りを揺すって声までかけた。それから死んでいることを知って、近くに人を呼びに行き、駆けつけた二人の男と一緒に、もう一度、男の死を確認したのである。

そのために、警察がやってきた時には、周辺には三人の足跡がいくつも重なりあって、どれがどれやら分からない状態になってしまっていた。

もっとも、男が死ぬ前にはまだ雪は積もっていなかったらしく、死体の下には雪がなかった。つまり、たとえ踏み荒らしていなかったとしても、犯人の足跡などは採取されなかった可能性がつよい。

警視庁捜査一課の岡部《おかべ》和雄《かずお》警部が、部下たちを率いて現場に到着したのは、午前八時になろうとする頃だった。

すでに鑑識課員による実況検分が進められていた。前述したような悲観的状態は、報告されるまでもなく、岡部自身の目で確かめることができた。

「外傷はなく、どうやら毒物による中毒死と見られます」

鑑識の警部補が報告した。詳細なデータは解剖所見などを待つとしても、彼らの現場での判断に、それほど大きな狂いはないとしたものである。

「死亡推定時刻は、昨夜の八時から十二時のあいだぐらいでしょう」

「その時間帯だと、まだこの付近は人通りがあるんじゃないかな」

岡部は路地の入り口を見た。路地を出たところは旧中山道のある高台と、後楽園から白山へゆくいわゆる白山通りとを結ぶ坂道で、細い道路にしては交通量が多い。

「しかし、昨夜はみぞれ模様でしたから、車の通行はともかく、人通りはほとんどなかったようです」

所轄の本富士《もとふじ》署の部長刑事がすでに近所の聞き込みをやっていて、そのへんのことは調べがついていた。

「いまのところ、被害者や犯人らしき人物を目撃したという話は出ていません」

「被害者の身元は？」

「まだです。所持品は何もなく、名刺、免許証その他、身元を示すようなものも一切ありません」

「じゃ、盗み目的か？」

「そうかもしれませんが、洋服のネームの縫い取りがあったと思われる部分を切り取っていますので、あるいは計画的な犯行とも考えられます」

「それにしても、妙なところで死んでいたもんだねえ」

岡部はお七の墓を眺めながら言った。

「犯行現場は別の場所で、ここに死体を遺棄《いき》したのかな？」

「はあ、それがですね……」

部長刑事は首をひねった。

「被害者は倒れたあと、苦しまぎれに地面を掻きむしったような形跡があるのです。そこのところです」

指差した先を見ると、たしかに雪で覆《おお》われてはいるものの、右手の指が地面を掴もうとした痕跡《こんせき》が明らかにあった。

「爪の中にもその土が食い込んでいます」

「だとすると、犯人はここで毒を飲ませたというわけか」

「すぐそこに缶入りコーヒーが転がっていました。缶の内容物と指紋の鑑定を急いでいますが、たぶん、犯人は毒物をそのコーヒーで飲ませたのだと思います」

「かりにその缶コーヒーが毒入りだとすると、被害者と犯人は、ここでコーヒーを飲みながら、立ち話でもしていたということになるか。つまり顔見知りの犯行というわけだね」

午後八時から深夜といってもいいような時刻。しかもみぞれが降っている寒い路地で、被害者と犯人は何を話していたのだろう?

それに、なぜこの場所だったのだろう?

それ以前に、被害者は何者で、どこからやってきたのか?

いくつもの「?」が岡部の頭の中で、次々に生まれていった。

3

昼の給食時間に、事務の女性が亜梨沙を呼びにきた。

「小野初子さんていう女のひとからお電話です」

「小野初子さん?」

亜梨沙は給食当番の生徒にあとをちゃんとする

ように、念を押してから、小走りに電話口まで行った。

「はい、増田ですけど」

「あ、先生、高崎屋です」

「ああ、なあんだ……」

亞梨沙は笑ってしまった。

「小野さんていうから、誰だかピンとこなかったの」

「すみません、高崎屋って言えばよかったんですけど……」

「あら、ごめんなさい。そういう意味で言ったんじゃないんですよ。それより、昨日は雨宿りさせていただいて、ありがとうございました」

「いいえ、あんなこと……それより先生、ニュース、見ました？」

「ニュースって？」

「ほら、お七さんのお墓のところで、男の人が死んで……殺されていたっていう」

「いいえ、見てませんけど。それ、ほんとなんですか？」

お七の墓は、誠之小学校からは目と鼻の先みたいなところだ。

「やっぱりご存じなかったんですね。たぶん学校ではテレビなんかご覧《らん》にならないんじゃないかと思ってました」

「でもやあねえ、殺人事件なんですか？」

「そうみたいですよ。警察が調べているところですけど、そこで毒を飲まされて死んだらしいって……」

「おおいやだ」

亞梨沙は身震いが出た。

「それでですね、先生」

小野初子はこわばった口調で言った。

「その殺された男の人なんですけど、昨夜の人じゃないかって、そう思うんですけど」

「昨夜の人……って？」

「ほら、うちの店に来て、ここは追分っていうのかって訊いた人ですよ」

「えーっ？　あの人？」

「いいえ、分かりませんよ。分かりませんけど、なんだか、年恰好《としかっこう》や着ているものとか、そういうのがですね、なんとなく、そうじゃないかなって……」

「やあだ、脅《おど》かさないでくださいよ。だって、お宅のお店からお七さんの墓までは、ずいぶん遠いじゃないですか」

「遠いっていったって、歩いて行ける距離ですよ。うちのおばあちゃんだって、しょっちゅうお参りに行ってますもの」

「だけど……ほんとにそうなの？　まさか、同じ人じゃないいんじゃない？　写真か何か見たんですか？」

「まだ見てません。テレビにも殺された人の写真は出てませんもの。身元も分からないんですって。警察は目撃者がいないかって、いま、その付近を訊いて回っているみたいですよ」

「だったら別人かもしれないいんでしょう？　別人ですよ、きっと」

「そうかもしれませんけど、もし同じ人だったらと思って」

「違いますよ。やあだ、気味が悪いわ」

「でも、どうしたらいいですか？」

「どうしたらって？」

「ですから、このこと、警察に知らせたほうがいいんじゃないかって思うんですけど」

「警察に？　どうして……その人かどうか分からないのに」

「でも、万一っていうこともあるし。知らせたほうがいいと思うんですよね。市民の義務として」

「…………」

亜梨沙は黙ってしまった。「市民の義務」という言葉にショックを受けた。負うた子に教えられる——というけれど、ものを教える立場の人間である自分が、存外、そういう社会性に欠けていることを、市井の一主婦に突きつけられたような気がして、思わずたじろぐ想いだった。

「もしもし、もしもし……」

初子が呼んでいる。

「そうですね、一応、間違ってもいいから知らせるべきかもしれませんね」

亜梨沙は言った。

「それじゃ、小野さんのほうから警察に連絡していただけますか。学校にお巡りさんが来たりするのは、あまり芳しくないですから。私は放課後、お宅のほうか、もし必要があるならば、直接警察のほうへお邪魔しても構いませんから」

「それじゃそうします。その結果で、またお電話します」

初子は電話を切った。

午後の授業は二時限あったが、その間、亜梨沙は心ここにあらざる状態で、さっぱり授業に身が入らなかった。

初子からの電話はなかった。この分だとやはり別人だったのかな——と安心し、それならそれで知らせてくれればいいのに——と不満でもあった。

授業が終わって職員室に戻ると、そこに小野初子が待っていた。

「いま校長先生にお話しして、ご一緒に警察に行くようにお願いしたんです」

緊張した表情であった。

「警察も、死体の確認は二人のほうがいいって言ってるんです」

「ほんと……」

亜梨沙は「死体の確認」という言葉を聞いて、背筋が寒くなった。しかし、それもまた「市民の義務」にはちがいない。

初子の運転する軽四輪で本富士警察署に着くと、パトカーに乗せられて、飯田橋の警察病院へ連れて行かれた。

警察官たちはなかなか親切だった。それこそ、市民の協力に対しては当然の対応といえるのかもしれないけれど、日頃、テレビのニュースで、日教組のデモを規制しているような風景ばかりを見ているせいか、ニコニコ顔で案内してくれる制服の警察官が、別の世界の人間のように思えた。

しかし、警察病院の遺体安置室に近づくと、さすがに緊張感が漲《みなぎ》ってきた。

「どうぞお入りください」

刑事も慇懃《いんぎん》に腰をかがめてドアを開けた。

ひんやりした空気の中に、線香の匂いが漂っている。室の中央に寝台があって、そこに白い布で覆われた死体があり、傍らには線香を立て花を飾った、簡単な祭壇もあった。

部屋の中にはすでに二人の私服がいた。

「私は警視庁捜査一課の岡部といいます」

三十代半ばかと思えるハンサムな刑事が、微笑を浮かべながら言って、名刺をくれた。肩書に「警部」と書いてあるから、ただの刑事よりは偉いのだろうと亜梨沙は思った。

「あまり楽しい仕事ではありませんが、ご協力をお願いします」

岡部警部が言って、「坂口君」と部下の若い刑事に目で合図した。坂口刑事が遺体の顔を覆っている白布をめくった。

「あ……」

ほとんど同時に、亜梨沙と初子の唇から、声ともいえないような、驚きの溜め息が洩《も》れた。

「あの人、だわ……」

亜梨沙が言い、初子も頷いた。

「では、昨夜、お店に立ち寄った人というのは、この人だったのですね？」

岡部警部が確認した。

「ええ」

二人の女性は同時に、はっきりと首を縦に振った。

「その時、この人はどういうことを言ったのですか？　なるべく正確に思い出してください」

「正確にって言っても……」

亜梨沙と初子は、当惑げにたがいの顔を見合った。

「ただ、『ここは本郷追分というのですか？』って訊かれただけですから」

「それで、何て答えたのですか？」

「そうですって……そう答えました。そうですよね？」

初子が亜梨沙に同意を求め、亜梨沙も「ええ」と頷いた。

「それだけですか」

「ああ、そうそう、それから、追分節がどうしたとか、言ってました」

「追分節?」

「ええ、江差追分だとか、そういうのはないのかって」

「それで?」

「そんなもの、ありませんて言いました」

「それだけですか?」

「ええ、それだけです」

「そうですかねえ?」

岡部警部は首をひねった。

「常識的に考えると、そういう会話をしたのに、挨拶もなしに黙って出て行くとは思えませんがねえ」

「あ、いえ、『どうも』とか、そういうことは言って、お辞儀をして行きましたけど」

亜梨沙は叱られたような気がして、肩をすくめて、言った。

「そうでしょう、そういう些細《ささい》なことがとても重大な意味を持つ場合があるのですよ」

警部はニッコリして、言った。

「たとえば、そのことだけで、この人物はふつうの礼儀を弁《わきま》えた社会人であることが分かるでしょう。少なくともヤクザなんかではなさそうですよね」

「ええ、ほんと、そうですね」

亜梨沙は感心した。

「言葉の様子はどうでした? どこかのお国訛《くになま》りがあったとか、そういうことは」

「さあ、そういう感じはしませんでした。でも、ほんのちょっと言葉を聞いただけですから、はっきりとは分かりません」

「東京の人間という印象でしたか?」

「たぶん……でも、いまどき珍しいって、小野さんが言ってらしたわね」

　亜梨沙は初子を顧《かえり》みた。

「珍しいとは、何がですか？」

　岡部警部は初子に訊いた。

「さっきも言いましたけど、その人、うちの昔の絵に本郷追分って書いてあるのを見て、『ここは本郷追分っていうんですか』って、そう言ったんです」

「はあ……しかし、そのことが何か？」

　警部は首をひねった。

「本郷追分っていう地名は、とっくの昔に無くなっているんです。私がここに嫁いで来てからずいぶんになりますけど、本郷追分の地名を言ったお客さんは初めてなんです」

「なるほど……」

　岡部警部はまだ得心がいかない顔だ。

「それに」と亜梨沙が横から言った。

「その男の人、なんとなく、懐かしそうな口調で、『本郷追分ですか』って言ったんですよね」

「ほう、懐かしそうにですか」

　岡部警部は聡明そうな瞳を、真っ直ぐに亜梨沙に向けた。亜梨沙は思わずドギマギしてしまったが、岡部の瞳の奥には、思索していることを思わせるような、茫漠《ぼうばく》とした気配がほの見えるだけであった。

（たぶん、この警部は猛烈《もうれつ》な勢いで、何かを推理しているんだわ――）

　亜梨沙はそう思った。

　坂口刑事が遺体の顔に白布をかぶせた。これでお役御免かと、ほっとした時、岡部が言った。

「ところで、この被害者ですが、その時、手に何か持っていましたか？　たとえばカバンとかです」

「いいえ」

二人の女性はまた顔を見合わせた。

「べつに何も持っていませんでした」

「完全な手ぶらだったのですね？　昨夜は雨が降っていましたが、傘も持たずに歩いていたのですか？」

「ああ」と亜梨沙は思い出した。

「そういえば、週刊誌を持っていました。週刊誌で雨をよけて歩いて行ったんです」

「ほう、週刊誌でですか。しかし、それじゃズブ濡れだったでしょうねえ」

「だったと思います。肩の辺りがだいぶ濡れているような感じでした」

「なるほど、そうでしたか。だとすると、あなた方が言うように、歩いて行ったのではなく、この人は走って行ったのではありませんか？」

「いいえ、急いではいたかもしれませんけれど、走って行ったという感じではありませんでした。ねえ、そうですよね？」

亜梨沙は初子に確かめた。初子も頭をコックリさせて、「ええ」と言った。

4

捜査会議の席上、岡部捜査主任からその週刊誌の件が問題提起された。

「現場には週刊誌はなかったのですね？」

「はい、周辺を捜索《そうさく》した結果、そういった物は発見されませんでした」

遺留物捜索の指揮を取った、機動捜査隊の警部補が答えた。

「周辺というと、どのくらいの範囲になりますか」

「現場のお七の墓――つまり円乗寺に入る路地一帯と、表の一般道路について捜索しました」

　警部補は現場一帯の地図を示しながら、説明した。それによると、捜索は路地に曲がる角から左右に、道路沿いのゴミ入れ等について、入念に行なわれたらしい。

「しかし、その時点では凶器類等の捜索に重点を置いていたでしょうから、週刊誌なんかがあっても、あまり注意しなかったのではありませんか？」

「はあ、それはあり得ると思います」

　警部補は頷いた。

「では早速、もう一度捜索をやり直してください」

「分かりました……」

　警部補はいったん言ってから、はっ――と気がついた。

「もしかすると……いや、おそらく、回収は困難かと思います」

「なぜです？」

「われわれの捜索段階では、ゴミの収集をストップさせておったのですが、すでにゴミ収集車が作業を始めてから二時間以上も経過していますので」

「そうですか……」

　岡部は唇を嚙《か》んだ。

「しかし、一応、回収が可能かどうか、念のために連絡してみてください」

　そう命じたものの、回収が事実上不可能なことは明らかだった。

第一、捨てられた週刊誌などというものは無数にあるはずで、その中からどれかを特定すること自体、困難にちがいない。

夜に入っても、被害者の身元は依然《いぜん》、不明のままであった。テレビや夕刊等で事件は報道され、被害者の特徴も体つきやホクロの有無等ばかりでなく、衣服、靴、下着にいたるまでかなり細かく伝えている。それにもかかわらず、それに該当《がいとう》するような人物が行方不明になっているといった反応は、どこからもなかった。

人間の——それも大の男が一人死んだというのに、こうも反応がないというのはなぜなのか、不思議な話だ。

もっとも、大韓航空機爆破事件の犯人を教育したとされる、日本人女性の身元についても、テレビや新聞で数度にわたって似顔絵を発表しているのに、まったく反応が寄せられていないという例もあるのだから、世の中は常識だけで判断できない点が多いのかもしれない。

誰にもそういう連想があったのだろう、捜査員の中から、自然発生的に、被害者は何か諜報《ちょうほう》関係の人間ではないかという意見が出てきた。

「ことによると、被害者はスパイ目的の外国人ではないでしょうか?」

若い坂口刑事などは、真っ先にその意見を主張した。

「そうかもしれないね」

岡部もあえて反対はしなかった。反対する根拠もないというのが実情だ。

翌日も、さらに次の日も、付近の目撃者探しと並行して、被害者の身元確認作業が続けられた。

事件のあった雪の日のあとは急に春めいて、ポカポカ陽気になってきた。歩き回る捜査員にとっては、せめてものプレゼントというわけだ。

警視庁の資料センターには、連日のように行方不明者のリストが集まってくる。捜査本部ではスタッフの中から四人を割いて、身元割り出し作業に当たらせた。とにかく身元が判明しないことには、捜査はまったく前進しないにひとしいのだ。

事件発生当初は「八百屋お七の墓で殺人事件」という、センセーショナルな出来事だっただけに、テレビのワイドショーなどでも面白がって取り上げた話題だったが、一週間もするとすっかり興味が失われ、新聞にも載らなくなっていた。

捜査は、トンネルの中を掘り進むような地道な作業に入っている。このトンネルはひょっとすると、永久に出口のないままで終わるのかもしれないのだ。

岡部はほとんど終日、捜査本部の中にあって、捜査員たちからの情報が入ってくる時以外は、じっと考え込んでいた。

この時点で、岡部が気になっているのは、被害者の男が高崎屋の昔の絵を見て、「ここは本郷追分というのか」と、懐かしそうに言ったということである。

岡部は試みに、警視庁から来ている捜査員全員に、この事件が起きる前の段階で、「本郷追分」という地名を知っていたか、訊いてみた。

その結果、「知っていた」と答えた者はただ一人、それも、地元出身の年配の部長刑事だけであった。

高崎屋での男の話しぶりから見て、被害者が地元の人間でないことはたしかである。かといって、高崎屋を出たあと、夜道を急いで行った様子からすると、地元の地理――少なくともお七の墓へ行くまでの道程――には通暁《つうぎょう》していたと考えて間違いはなさそうだ。

それにしても、お七の墓へ行くのなら、何も本郷追分＝農学部前を起点にしないで、むしろ高台の下の白山通り――たとえばバス停の白山下か、地下鉄の白山駅で降りたほうがずっと近いのに、被害者はなぜお七の墓へ行くのに、本郷追分からスタートしたのだろう？

その後開かれた捜査会議で、岡部は高崎屋からお七の墓までのあいだ、被害者らしい人物を目撃したという話がないかどうか、再度確認した。

「高崎屋からは旧中山道で、道路幅も広く、交通量も多い。目撃者が出にくいということはあるかもしれません。また、お七の墓のある円乗寺へ入る路地は、たしかに人通りがないということはあるでしょう。しかし、旧中山道から曲がって行く道は、車も頻繁《ひんぱん》に通るし、道路に面して蕎麦屋などの飲食店も少なくない。午後八時過ぎというのは、いくらみぞれが降っている夜とはいっても、まったく人通りが途絶えるとは考えられません。そこを傘もささない男が歩いて……もしくは走って行ったとすれば、いやでも人目につかないはずはなさそうなのに、いまだに目撃者が発見されないというのはどういうことでしょうか」

捜査員たちは、自分の怠慢を指摘されたと受け取って、シュンとなった。

「あ、勘違いしないでくださいよ。私は皆さんの聞き込み捜査がいい加減だと言っているわけではありません」

岡部は苦笑しながら言った。

「むしろ、捜査そのものには遺漏はないと信じています。信じているからこそ、なぜ目撃者が現れないのか、不思議でならないのですよね。そこで私は思ったのですが、もしかすると、土地鑑があったのは被害者であったかもしれない。被害者は本郷追分――つまり東大農学部前――を目当てにやってきたのではないでしょうか。つまり、犯人、あるいは犯人と思われる人物と落ち合ったのは、本郷追分だったのではないか。そこから先は犯人と一緒に行動し、ひょっとすると車で現場まで行ったのではないか。あるいは相合傘で歩いて行ったのではないか――などと、いろいろ考えられるわけですね。そう考えれば、これまでの聞き込みでは、一人で、しかも傘を持たないで歩いている男――と限定していたのだから、目撃者が現れなくて当然ということになります」

なるほど――というように、捜査員全員の頭が頷いた。

5

増田亜梨沙が、何の前触れもなしに、岡部警部の訪問を受けたのは放課後のことであった。

授業を終えて、職員室に戻ってくると、教頭から隣の校長室へ行くように言われた。

「すごいハンサムなお客さんですよ。もしかすると縁談じゃないかしら」

教頭は女性で、結婚もせずに、学校教育ひと筋に生きてきたような人物だ。若い同性の教師を、いくぶん羨望《せんぼう》のまなざしで見つめていた。

「まさか……」と笑いながら、亜梨沙が校長室のドアを開けたら、警察病院で会った警部が立ち上がった。

「突然お邪魔して申し訳ありません」

岡部は丁寧《ていねい》に詫《わ》びを言った。

外見だけでいえば、三ツ揃《ぞろ》いをきちんと着こなした岡部はエリート商社マンといった印象だ。教頭が勘違いするのも無理はない。

「校長先生の了解を得ましたので、十分ばかりお話を聞かせてください」

校長室の中に応接セットがある。そこで話をするなら——というのが、校長の条件であったらしい。

「じつは、例の事件の捜査がきわめて難航《なんこう》しております」

岡部は固い口調で、いきなり話のテーマを持ち出した。

「それで、ぜひあなたのご協力を得たいと思って伺ったのです」

「はあ、でも、私はこの前お話ししたこと以外、何も知りませんけれど」

亜梨沙は当惑して答えた。

「それは承知しています」

岡部はあっさり頷いた。

「ただ、被害者の生前の姿を見ているのは、いまのところあなたと、それから小野さんの奥さんだけなのです」

「それはそうかもしれませんけれど。そのことは亡くなられた方があの時の人であることを確認したことで、もう役目はすんだのではありませんか?」

「ええ、おっしゃるとおりです。しかし、われわれとしては、かすかな望みを繋《つな》ぐにしても、あなたと小野さんに頼るほか、いまのところあてがないわけでして」

「そうおっしゃられても、あれ以外、私には何もお力になれるようなことはありませんけれど」

「いえ、一つだけあるのです」

「え？　何がですか？」

「じつは、あの時、被害者は傘をさす代わりに週刊誌を頭にかざしていたと言われましたね？」

「ええ、そうですけど」

「その週刊誌ですが、被害者は持っていなかった……つまり、殺害現場に、週刊誌は落ちていなかったのです」

「はあ……」

　それがどういう意味なのか、亜梨沙には岡部警部の意図が摑めなかった。

「いったい、その週刊誌はどこへいってしまったのか、ということを、われわれはいろいろと考えているのですが、いまだに結論が出ません」

「どこか、途中で捨てたんじゃありませんか？」

「そうかもしれませんね。しかし、それはどこなのか、なぜ捨てたのか、そういうことが分からないのです」

「はあ……」

　亜梨沙は岡部の顔をポカンと眺めてしまった。警察というところは、妙なことにこだわるものだ──と、なかば感心し、なかば呆れもした。

「それであなたにお願いなのですが」

　岡部は膝を進ませて、言った。

「その週刊誌は何という雑誌だったか思い出していただきたいのですよ」

「えーっ？」

　亜梨沙は今度こそ驚いてしまった。

「そんなこと、分かりませんよ」

「いや、そうおっしゃるとは思いました。誰だって、関係のない人物が傘の代わりに持っていた週刊誌が何であったかなどということを、憶えているはずがありませんからね」

「そうでしょう? だったら、なぜ?」

「それを、無理を承知でお願いしようというのです。憶えていないと言われるけれど、現実に、あなたはその週刊誌を見ていることはたしかなのですから、頭のどこかに、何かしら、記憶の断片のようなものが引っ掛かっているかもしれないでしょう?」

「そんなの……無理ですよ、そんなこと。憶えていませんよ」

「しかし、見たことは見たのでしょう?」

「そりゃあ、傘の代わりに週刊誌を……とか思って、気の毒だなあって思って、見たことは見ましたけど」

「そうでしょう、見ているのですから、憶えていないはずはないのです」

「そんなふうに決めつけられても困ります。見たかもしれないけど、思い出せっこありませんよ」

「いや、思い出せますよ」

岡部ははっきり言うと、大きく息を吸い込んで、ほっとした顔になった。

「やはり思ったとおりでした。あなたがきっと見ていると信じていましたよ」

「そんな……」

亜梨沙が抗議の言葉をぶつけようとするのを、岡部は「まあまあ」と両手で制した。

「突然、こんな難題を吹っ掛けられたら、ご迷惑なのは分かっています。たぶん、いまのあなたの頭には、週刊誌がどんなものだったかさえ、浮かんでいないと思います。しかし私は、思い出そうと努力すれば、必ず思い出せると確信しています。いや、あなたにも確信していただきたいのです。確信をもって潜在意識の奥に眠っている記憶を、呼び覚ましていただきたいのです」

岡部警部は、まるで催眠術師のように、亜梨沙の目をじっと見つめながら、ひたむきに言いつのった。

実際、この警部は催眠術の心得があるのかもしれない――と、亜梨沙は思った。なぜか岡部の視線を外すことができなかった。それどころか、岡部が「確信を」と言うたびに、それが可能なように思えてきた。

「でも……」

と亜梨沙はかろうじて、岡部の魔力から逃れるように、言った。

「それを思い出したとして、何の役に立つのですか？　週刊誌なんて、どこにでも転がっているのだし、特別に意味があるとは思えませんけれど」

「そうかもしれません」

岡部はあっさりと肯定した。

「しかし、いまはその週刊誌を特定することだけが、捜査を前進させる材料なのです。それ以外には何もないのです。少なくとも、あなたにはそう信じて、ただひたすら週刊誌のことを思い出していただきたい。それが私の心からのお願いなのです」

亜梨沙は返す言葉を見失った。

（この警部には勝てない――）と思った。

6

岡部警部には「やってみます」と約束したもの

の、亜梨沙にはまったく自信などなかった。それどころか、岡部が引き上げたとたんから、後悔が始まった。

（そんな、出来もしないことを――）と思った。

高崎屋の前を通る時、店を覗いて初子を見つけると、多少、恨《うら》みがましさを込めて声をかけた。

「さっき岡部っていう警部が来たんです」

「あ、やっぱり？　私のところにも来ましたよ。それで、被害者が持っていた週刊誌が何だったかって、しつこいの。でも私は見てなかったんですよね」

「あら、ほんと？　小野さんのほうが近くだったし、私のほうよりよく見えたんじゃなかったかしら？」

「ええ、近かったことは近かったんですけど、週刊誌は見ていないんです。あの人、私のほうから見ると、雑誌を体の向こう側の手で持っていたし、たまたま見えた時は、広げた中のページが見えただけで、表紙を見たっていう記憶がないんです」

「あっ、そうか……」

亜梨沙はその時の情景を、切れた映画のひとコマを見るように、ふっと思い出した。

「そうですよね、あの人、雑誌を開いて、被《かぶ》ってきたんですよね……」

そのあと、男が店の中で初子の手から酒のカップを渡されたり、金を払ったりしているのを、亜梨沙は横から見るかたちになっていた。

（そうだわ、その時、表紙が見えていたんだわ――）

タレントの顔を大写しにした、カラフルな表紙のデザインと、印刷された『週刊○○』という雑誌名が、いまにも浮かび上がりそうで、そこに意識を集中しようとすると、ふっとかき消えてしまう。

ただ、亜梨沙はまったく不可能だと思っていた作業に、かすかながら希望の灯が見えたような気がしてきた。あの岡部警部が言っていた「確信を持てば」という言葉は、あるいは真理なのかもしれない。

高崎屋の初子は、まだ何か話したそうにしていたが、亜梨沙はせっかくともった灯が消えるのを恐れるように、まだバスも接近していないバス停へ急いだ。

バスに揺られながら、亜梨沙はたえず思考を一点に置いていた。視線は窓の外を見ているようで、そのじつ、何も見ていない。客の話し声や、スピーカーから流れる案内も、ほとんど耳に入ってこない。おかげで、下りるべき停留所を、あやうく乗り越すところだった。

あれはたしか、若いアイドル女優の写真を使った表紙のデザインだった。

そのことは思い出せた。誰だったかはまだ分からないが、そういう表紙であったことは間違いない。

そこまで分かれば、かなり限定できるはずだ。表紙に女優や歌手の顔を使っている雑誌はどれだけあるか知らないけれど、そうではない雑誌だって少なくない。むしろ、そのほうが多いのではないのだろうか。

たとえば児童画をシリーズで表紙に使っている雑誌もある。全国の祭りを絵柄に使う雑誌もある。そのときどきの話題の人物——政治家からスポーツ選手にいたるまで——を使う雑誌。単なるモデルの写真や複数のタレントの写真を使う雑誌もある。そうやって、あらためて思い出してみると、雑誌の表紙はじつにさまざまだ。

亜梨沙は近所の書店に寄って、ズラリと並ぶ週刊誌を眺めてみた。

事件発生から一週間以上。すでにその頃の号は売っていないことは確かだが、表紙のデザインの傾向は、それほど大きく変わるものではないはずだ。

そして、思ったとおり、亜梨沙は一つの雑誌にピンとくるものを感じた。

『週刊T——』という雑誌がそれであった。ピンク雑誌というわけではないが、大新聞社系の週刊誌とは違って、芸能界のスキャンダルなどを中心に、かなり興味本位の記事が載っている雑誌だ。

表紙を飾っている女優の顔は、亜梨沙の記憶にあるのとは、もちろん別人だ。しかし、事件のあった週の号を見れば、記憶は裏打ちされるにちがいない。

翌日、捜査本部にいる岡部のところに、増田亜梨沙からの喜び勇んだような電話が入った。

「あの雑誌、思い出しました」

「そうですか、思い出しましたか」

岡部もそれに応えるように、感激した口調になっていた。常に冷静そのもののような、この男にしては珍しい。

「週刊T——という雑誌だと思います」

「週刊T——ですね。分かりました。それではこれからすぐに、事件のあった週の週刊T——を持って行きます」

そう言って電話を切ると、岡部は自ら出版社に連絡して、その週の号があるかどうか確かめた。

『週刊T――』は岡部の趣味に合わない雑誌だが、その出版元の『F社』は日本で唯一、ミステリー物の雑誌を出している会社で、岡部はその雑誌のほうは愛読していた。

飯田橋近くにある『F社』を訪ねると、販売部に案内された。その週の号は部屋の片隅に百冊ばかり山積みになっていた。

「返本は断裁してしまうのですが、バックナンバーを揃える関係で、少しずつは残しておくのです」

係の者が説明した。

その中の一冊を貰って、岡部は誠之小学校へ向かった。時間的にも具合よく、昼休みにかかる頃合であった。学校や増田亜梨沙に迷惑をかけないように、という配慮もしなければならない。

だが、岡部が持参した『週刊T――』の表紙を見て、亜梨沙は首をひねった。

「違うみたいです」

「えっ？　違いますか？　しかし、これは事件当時に販売されていたものですが」

「そうみたいですけど、やっぱり違いますねえ。この女優さん、南川陽子ですけど、南川陽子だったら、もっとはっきり憶えているはずです。私はこの人のファンですから。でもそうじゃなかったんですよね。誰だったかは憶えていませんけど、南川陽子でなかったことだけは確かです」

「うーん……」

岡部は唸《うな》った。

「週刊T――であることはどうなのでしょうか？　間違いなさそうですか？」

「ええ、たぶん間違いないと思うんですけど……この『T――』の黄色い文字が印象に残っているみたいですし」

「分かりました。それじゃ、またあとで来ます」

岡部は慌ただしく引き上げ、ふたたび『F社』へ向かった。『週刊T――』であることが確かなら、遡って、何週か前からの号を見せればいい。

そして、今度は放課後に学校を訪れた。

例によって校長室で、テーブルの上に数冊の雑誌を並べて待機《たいき》していた。なんとなく、夜店の古本屋然とした感じだ。

増田亜梨沙が入ってくると、岡部は待ち切れなくて、訊いた。

「この中にありませんか?」

数冊の雑誌は二カ月分ほど遡ったものからある。

「あ、これ……」

亜梨沙は二週前の日付の号の表紙を指差して、叫《さけ》ぶように言った。そして、体をすくめて小さく震えた。

「不思議ですね、この本を見たとたん、あの氷雨の夜の出来事が、いっぺんで、ありありと思い出せちゃいました」

少女のように、素直な気持ちの表現であった。

「これですか……」

しかし、岡部は雑誌を手に取ると、眉根を寄せて、難しい顔を作った。

「それに間違いありませんよ」

せっかく見つけて上げたのに――と言いたげに、亜梨沙は唇を尖《とが》らせた。

「あ、いや、あなたの記憶違いだとは思いません。ただ、この雑誌は事件のあった頃にはもう売ってなかったし、すでに新しい号が発売されて六日も経っていたはずなんです。つまり、次の日にはさらに新しい号が発売されるという時期ですよね。

それなのに、なぜあの男が、そんな古い雑誌を持っていたのか、ちょっと奇妙だなと思いましてね」

「あ、そういえばそうですね。変ですよねえ」

亜梨沙も頷いた。

「よほどのファンなら、創刊号からずっと、雑誌のバックナンバーを揃えておくという人もいるかもしれませんけど。でも、それでしたら、あんな雨の中を持って歩いたり、それに、傘の代わりにしたりしませんものね」

「そのとおりです」

岡部は、この女性教師の、頭の回転が早いことに感心した。

その時、岡部のポケットベルがピーピーと鳴りだした。

「電話を拝借《はいしゃく》します」

校長に断って捜査本部に電話すると、デスク役の神谷部長刑事が出た。

「長野県警の竹村警部という人から電話がありました」

「ほう、竹村さんからか……」

岡部の頭の中を、懐かしい思い出が走馬灯のように過《よぎ》った。

「警部はご存知なのですか？」

「ああ、知ってますよ。信濃のコロンボというニックネームのある、名刑事だった」

長野県飯田市郊外の松川ダムで、バラバラ死体が発見されたことに端を発した、あの不可解な事件を捜査し、みごとに解決した、執念《しゅうねん》の鬼のような刑事だった竹村岩男は、いまでも、岡部の脳《のう》裏《り》に鮮烈な印象を残している。（『死者の木霊』参照）

「その竹村さんが何だって?」

「警部に至急、連絡していただきたいのだそうです」

「そうか……」

岡部は校長と増田亜梨沙の顔をチラッと見た。べつに迷惑がっている様子はないが、学校に警察官がいつまでもいては、具合が悪いにちがいない。

「分かった、すぐに戻る」

言って電話を切った。

竹村の急用とはいったい何なのか、岡部の胸に新しい興味が湧いてきた。

第三章　青函連絡船で来た男

1

「竹村です、どうも、御無沙汰《ごぶさた》いたしております」

時候の便りは絶やしたことがないけれど、こうして電話で話す機会は、不思議になかった。何年ぶりかで聞く竹村岩男の声はさすがにどことなく落ち着いた、風格《ふうかく》のようなものさえ感じさせる。

「奥さん、お元気ですか？」

岡部は懐かしそうに言った。

「ああ、陽子ですか、あいつは相変わらずです」

「というと、お子さんは？」

「まだまだ、どうも、こればっかりはうまくいきません」

竹村は照れ臭そうに言っている。

岡部は名前どおり、陽気そのもののような竹村夫人の顔を思い浮かべた。

「じつはですね」

竹村はあらたまった口調になった。

「今日お電話したのは、そちらの事件のことなのです」

「こちらの事件といいますと、いま私が扱っている、本郷の事件のことでしょうか？」

「そうですそうです、八百屋お七の墓のところで殺しがあったという、その事件のことなのです」

「その事件がどうかしましたか？」

「いや、まったく関係がないのかもしれませんが、ちょっと気になることがありまして、それで警視庁のほうに事件の内容を問い合わせたら、なんと、岡部さんの扱いだと聞いたもんで、早速お電話したというようなわけなのです」

「そうだったのですか……しかし、気になるというのは、何ですか？」

「その事件のことは、ニュースでなく、ある雑誌を見て知ったのですがね、その記事の中に八百屋お七の墓の由来とか、そういう、興味本位の読み物風というのか、事件に直接関係のないことまで書いてあって、その一つに、本郷追分という地名が出てきたのですよ。現場がなんでも、本郷追分の近くだとかいうことでした」

「ええ、そうです。本郷追分というのは、日光のほうへ行く道と中山道との分岐点でして、そこから旧中山道を少し行ったところから、またちょっと脇へ入った辺りに、八百屋お七の墓があるのです」

「そうだそうですね。それで、ちょっと気になったのですが、じつは、こっちのほうで捜査中の殺人事件も、追分——信濃追分というところで起きておりましてね、なんとなく繋《つな》がっているような、妙な予感といいますか、そういうものを感じたのです」

「信濃追分？……というと、たしか軽井沢じゃありませんか？」

「そうです、軽井沢町追分という地名です。信越本線の信濃追分駅の周辺です」

「なるほど……しかし、たまたまそういうケースがあったというだけで、繋がりがあるとは考えられないのではありませんか？」

「はあ、まあそうでしょうがねえ。ただ、そこの追分も中山道の起点でしょう？　こっちの追分も、中山道と北国街道との分岐点で、まんざら繋がっていないわけではないような気がしましてねえ」

「なるほど、道路は繋がっているというわけですか」

岡部はつい笑いを含んだ口調になった。

「いや、まったくの笑いごとかもしれませんが、繋がりはそれだけではないのです」

竹村は真面目な声である。

「こちらの事件というのが、なんともけったいな事件でしてね、現場は『ひいらぎ』という、まあなんていうか、土産物みたいなものを売る店の前なのですが、そこに、死後数時間経過したと思われる男の死体が遺棄されておったというものなのです。ところが、その店の女主人——丸岡一枝さんといって、独りずまいの女性ですが、彼女はまったくその男のことを知らないということです。いや、それだけなら、そちらの事件との繋がりを考えることはなかったのですが、丸岡さんの実家というのがですね、東京都文京区白山一丁目にあるのです」

「白山一丁目？　それでしたら、まさに八百屋お七の墓の近くじゃありませんか」

岡部は驚いて、大きな声を出した。

捜査本部のある本富士警察署の大会議室には、刑事が三人、屯《たむろ》していた。いつも冷静そのもののような岡部警部が、大声で「八百屋お七の墓」などと口走ったので、いっせいに岡部を見た。

「ああ、やっぱり……」

電話の向こうでは、竹村が嬉しそうに言った。

「岡部さんも興味を持ってくれると思っていました。まさにそうなのです、ついさっき、丸岡さんのところに行って訊いたところ、彼女の実家はお七の墓から、直線距離で百メートルぐらいしか、離れていないのだそうですよ」

「ふーん……なるほど、そうですか」

「もっとも、それだからといって、この二つの事件のあいだに関連があるなどとは、とても自信を持って言えるようなことではないのですが、勘としてですね、なんだか見過ごしてしまえないような気がしてならないのですよ」

「そうですね、竹村さんのおっしゃるとおりです。私もまったく同意見です」

「それでですね、お忙しいとは思いますが、明日の朝にでも、そちらへ出張しようと思っておりますので、出来ましたらご案内をお願いしたいと……」

「それはもちろん、喜んでご案内しますよ。それに、そちらの事件の詳しいこともお聞きしたいですしね。いや、場合によったら、私のほうも軽井沢の追分を見に行くようなことになるかもしれません」

「そりゃいい……いや、捜査も必要でしょうが、一度ぜひお越しいただきたいと思っておりました」

　事件の捜査もさることながら、岡部はなんだか、久しぶりに畏友《いゆう》との会合を心待ちするほうばかりが先行して、うきうきした気分であった。

2

　翌朝、十時過ぎに到着する列車で、竹村は上京してきた。上野駅の公園口に、若い部下を連れて現れた竹村は、服装こそまあまあのスーツを着ているものの、風貌《ふうぼう》は相変わらず垢抜《あかぬ》けない。

「ややあ、どうもどうも」

手を振りながら、大きな声で呼び掛けてくる竹村に、若いアベックたちが、びっくりして振り返り、呆れたように笑い出す。これには、岡部はともかく、坂口刑事は参ったような顔をしていた。

「お疲れでしょう」

岡部は遠来の客に、まずねぎらいの言葉をかけた。

「なに、軽井沢からですからね、特急でたった二時間ですよ」

「それじゃ、すぐに現場へ行きましょうか」

「はい、ぜひそうしてください」

坂口の運転する車で白山下の八百屋お七の墓へ向かった。

車の中で、竹村は木下刑事を、岡部は坂口刑事をと、それぞれの部下を紹介した。坂口は大柄でシャープな感じだ。それとは対照的に、木下は瘦《や》せ型だが、どことなくのんびりした雰囲気を感じさせる。

上野公園を抜け、谷中《やなか》の裏通りを抜け、団子坂を通って本郷通りを横切ると、白山上に出る。そこから後楽園のほうへ坂を下りきって、すぐ左へ入ったところに八百屋お七の墓がある。

車を横町に入れて停まると、ほんの目の前が現場であった。

「はあ、こんなところにあるのですか？」

竹村は意外そうに言った。

「有名な八百屋お七の墓だから、もっと大きな墓地の中に立派な墓が建っているものとばかり思っていました」

「まあ、有名は有名ですが、何しろ放火犯人ですからね、そう大きな墓は作れなかったのだと思いますよ」

「なるほど、そうかもしれませんが、しかしなんだか哀れですねえ」

竹村はしばらくお七の墓を眺めてから、合掌して祈った。

岡部は死体が倒れていた時の状況を話して聞かせた。

「被害者は何者だったのですか？」

「いや、それがまだ分からないのです」

「ほう、こちらもですか」

「というと、軽井沢の事件の被害者もやはり身元不明ですか？」

「そうなのです。事件発生からすでに半月以上ですが、いまだに身元に関する情報が入ってきません」

「事件はいつ発生したのですか？」

「三月四日です」

「すると、こっちの事件の三日前ですね」

「うーん」

竹村は唸《うな》った。

「つまり、軽井沢とここの追分で、相次いで似たような事件が起きたということになりますねえ。もっとも、こちらのほうは、事件現場そのものは追分というわけではないですが」

「いや、追分が大いに関係あるのですよ」

岡部は言った。

「現場そのものはちょっと離れていますがね、じつは、被害者が殺される直前、本郷追分の角のところにある酒屋に立ち寄っているのです。ことによると、そこで何者かと待ち合わせたとも考えられるのですよ」

岡部はその時の経緯《いきさつ》を、詳しく話して聞かせた。

「なるほどねえ……本郷追分で何者かと会って、ここに連れて来られて殺されたというわけですか」

「死因は青酸性毒物によるものです」

「それも軽井沢と同じですね。犯人はカプセル容器で何かの薬と偽って飲ませた疑いがあります」

「こっちのは缶入りコーヒーに混入して飲ませたらしい」

「手口はほぼ似ていますね」

「被害者の年齢はどうですか？　こっちのは四十歳代ぐらいの中年男です」

「軽井沢も同じようなものですよ。四十歳から、まあ、せいぜい五十歳前ぐらいまでといったところです」

二人の主任捜査官はたがいの顔を見つめあった。

「なんだか、妙なムードになってきそうですねえ」

岡部はむしろ嬉しそうに言った。

「いやいや、しかし、それだけでは関連があるとは言えませんよ」

自分が言い出したわりには、竹村のほうがまだしも慎重だ。

そのあと、四人の捜査官は車に乗って問題の本郷追分――東大農学部前に行き、高崎屋酒店を訪ねた。小野初子は忙しそうに店の仕事をしていたが、岡部警部の顔を見ると、「あらっ」と愛想のいい笑顔を見せた。

「こちらの奥さんが、被害者の顔を見ているのですよ」

岡部は軽井沢から来た竹村を初子に紹介してから、言った。

「私と、それから学校の先生とです」

初子はつけ加えて言った。少しでも責任は分担したいような口振りだ。

「もうそろそろ、学校は春休みに入るのでしょうね」

岡部は訊いた。

「ええ、二十六日からお休みですって、甲子園が始まるのと一緒ですね」

「なるほど、もうそういう季節ですか」

竹村は月日の流れの速さを実感したように言った。軽井沢はまだ冬景色だった。

「高崎屋さんというと、群馬県の高崎と何か関係があるのですか？　たとえば先祖の出身地だとか」

「そうらしいですよ。私は嫁ですので、詳しいことは知りませんけど」

「ここから中山道が始まって、高崎を通って信州へ通じているわけですよねえ」

竹村はその道筋を辿《たど》るのか、視線を天井に向けて、何かを思い描いている顔をした。

3

竹村はいったん岡部と別れて、丸岡一枝の実家を訪ねることにした。

「ご一緒しましょうか」

岡部は言ってくれたのだが、竹村はことわった。警視庁捜査一課の警部に道案内ばかりさせては申し訳ない。

「車で行くほどの距離ではないし、付近の様子も知りたいですから、木下とのんびり歩いて行きますよ」

「それじゃ、そこがすんだら本富士署の捜査本部にいらしてください」

岡部は言い置いて去って行った。

竹村は高崎屋の若夫人に地理を聞いた。どうせ歩くならと、夫人は旧中山道から一つ裏の、誠之小学校の前を通り、そこから坂を下って行く道の地図を書いてくれた。

「その辺りがいちばん昔の面影《おもかげ》の残る街なんです」

夫人はそう言っていた。

東京は土地が異常な高騰《こうとう》をしていると聞いたが、夫人の言葉どおり、この辺りの家々はそういう世の中の風潮とは無縁なのか、いかにも閑静な住宅地といった趣《おもむき》がある。

なんだか、学生帽にマント姿の一高生が、路地からひょいと現れてもおかしくないような雰囲気が漂《ただよ》っていた。

「しかし、狭っ苦しい街ですねえ」

東京ぎらいの木下は、それでも難癖《なんくせ》をつけないと気がすまないらしい。

「そうかなあ、長野市の真ん中の住宅街と、そんなに変わりはないと思うが」

「しかしですよ、どこの家も塀だとか垣根だとかで囲っていて、地域社会のコミュニケーションを感じさせませんよ」

「なんだいそりゃ？　急に難しいことを言い出したな」

「つまりですね、隣との付き合いを拒否するような閉鎖的な生活態度だから、人が殺されても、身元がさっぱり割れないようなことが起きるのですよ。ついこのあいだ、四国の松山かどこかで夫を殺した妻が、身分を隠して北陸のほうでずっと暮らしていたっていう事件があったでしょう。あれだって、周囲の連中がちょっと関心を持てば、とっくに捕まっていたはずですよね。追分の事件だって、ここの事件だって、とにかく狭い日本から人間が一人、いや二人も消えたわけです。それなのになぜ……」

「分かった分かった。まあそうムキになるなよ」

竹村は木下を宥《なだ》めた。これから訪ねる丸岡家だって、その「閉鎖的な生活態度」の家なのかもしれないのだ。

高崎屋で書いてもらった地図は、この辺りがもっともややこしい。本郷の高台と下町とでは高低差が五十メートル近くもあるのだろうか。その崖のような斜面に、無理して建てた家があったり、無理して作ったような路地があったりするから、複雑な家並みにならざるを得ないらしい。

丸岡家は古い洋館だった。敷地はそれほどきつくはないけれど、やはり斜面になっていて、半地下と呼ぶのか半二階と呼ぶのか、中途半端な三層構造になっている。

玄関はその中央にある。

あらかじめ電話しておいたので、二人の刑事はお手伝いらしい若い女性に案内されて、応接間に通された。古めかしい鎧扉のついた窓から、下町が眺められる。どこかから花の香りが漂ってくる。

ドアの外で、いかにもわざとらしい咳《せき》ばらいがして、老人が入ってきた。

「丸岡です」

心持ち頭を下げて名乗っただけで、「御苦労さん」とも言わず、ドッカリと肘《ひじ》掛《か》け椅子に座った。顔色を窺《うかが》うまでもなく、刑事の訪問など、不愉快そのものと思っている気配は露骨《ろこつ》に伝わってくる。

そういえば、お手伝いがいるのに、お茶も出さないというのは、よほど歓迎されざる客なのだろう。

竹村は型通り名乗って、軽井沢の事件のあらましを話した。

「それで？」

ひととおり話し終えると、丸岡は仏頂面をして、用向きを催促《さいそく》した。

「この事件の被害者について、お嬢さんにお訊きしたところ、まったく見憶えがないということなのですが、率直に申し上げて、何のいわれもなく、ああいう恐ろしい目に遭《あ》うということも考えにくいわけでして、お嬢さんには思い当たることがなくても、ご家族の中には、もしかして、他人の恨《うら》みを買うような心当たりがあるのではないかと、このように考えたのです」

「いや、ありませんな」

丸岡はニベもなく応えた。

「それはです、世の中には変わった人間も多いからして、こっちは知らなくても、何か勝手に恨みに思っている者もいるかもしれないが、人を殺して、しかも赤の他人の死体をですな、玄関の前に放り投げておくような、大それたことをされるほどの恨みを買うというのは、よくよくのことでしょうが。そんなものはまったく心当たりはありません。どこかのバカが、勝手にそういう真似をしただけであって、当家としては迷惑千万。だいたい、あの娘が軽井沢なんぞに行くからこういうくだらんとばっちりを受けるのです。今度、娘に会ったら、さっさと東京に引き上げるよう、言ってやってください」

一気に捲《まく》し立てると、ピタリ、口を閉ざした。

丸岡は六十八歳、大正生まれの男に共通した一《いっ》徹《てつ》なところがある。おまけに三年前に退官するまでは、大学の法学部の教授を勤めていたというのだから、法律に関してはもちろんこっちより詳しいし、おそらく警察の上層部にも教え子は多いことだろう。まったくやりにくい相手ではあった。

「どうも、感じの悪いじいさんでしたね」

丸岡家を出ると、木下はぼやいた。

「ははは、お茶も出なかったしな」

竹村は笑った。

「しかし、おれは丸岡氏に会ってよかったと思っているよ」

「へえ、どうしてです?」

「なんていうかなあ、信用できるっていえば、あのくらい信用できる人もいないっていう感じだな。あの人物なら嘘をつかない――と確信できる」

「そうでしょうか」

「ああ、丸岡氏が知らないと言っているのなら、本当に知らないのだろう。あのじいさんの言葉を借りて言うなら、今回の事件は、まさにとばっちりそのものなのだろうな」

「というと、つまり、『ひいらぎ』のママも単なるとばっちりを受けた、言ってみれば被害者っていうことですか」

「だろうね。ただ、あの晩、飼い犬が騒《さわ》がなかった理由がちょっとひっかかるのだが」

「そうですよ。知り合い以外の人間が近づくと、吠えたてるって言ってましたからね」

「しかし、どっちにしても彼女が犯人または共犯者であることはないよ。もしそうであるなら、犬が吠えたと嘘をつくはずだからね」

「なるほど、それはそうですね。だとすると、どういうことが考えられますかね」

「答えは三つだな。一つは、犯人が知り合いの人間だったという場合。二つめは、犬に睡眠薬を飲ませた上での犯行だった場合。三つめは、単に、犬が吠えるのを怠けたというだけのことだったという場合だな」

「最後のやつは冗談なのでしょうね？」

「ん？　いや、必ずしも冗談ではないさ。犬だって、ちゃんと吠えるとはかぎらないだろう。刑事だって、聞き込みだとか言って、けっこう怠けている場合があるものだからな」

「それ、まさか私のことを言っておられるんじゃないんでしょうね」

「さあな、どうかな」

「冗談じゃないすよ。私はサボッたりしませんよ」

木下はまたムキになって、唇を尖らせた。

4

本富士警察署の捜査本部に行くと、岡部警部が待っていた。岡部の周囲には坂口のほかにも数人の捜査員が群がって、何か議論でもしていたような雰囲気であった。

「竹村さん、面白いものを発見しました」

竹村と木下の顔を見るなり、岡部は立ち上がって、週刊誌を頭の上にかざしながら、部下たちの群れから一歩踏み出した。

「まあ、とにかく座ってください」

勧められるまま、竹村と木下は彼らの仲間に加わるように、テーブルについた。

「じつはですね、高崎屋の前で、小学校の女の先生が目撃した話によると、被害者がその晩、傘代わりに持っていた週刊誌がこれと同じものらしいのです」

岡部は竹村の目の前に『週刊T――』を置いた。

「ところがですね、日付を見れば分かるように、この週刊誌は事件のあった前の週に発売されたもので、いわば古雑誌だったわけです。それで、いったい、被害者がなぜそんな古い雑誌を持っていたのかが、これまで謎だったのですが、竹村さんのお蔭で、ひょっとしたら――というものを発見することができたのですよ」

「はあ……私が何かしましたかね？」

竹村は怪訝《けげん》な目を岡部に向けた。岡部に感謝されるようなことをした記憶がない。

「この記事を見てください」

岡部は黄色い紙のページを広げて見せた。そこは『読むとトクする情報』という、いわばパブリシティ関係の記事が、数ページにわたって掲載《けいさい》されている。

「ここに、軽井沢の追分に関係する記事が出ていたのですよ」

岡部の指差したところに、五センチ角程度のコラムがあった。


軽井沢で『全日本馬子唄・追分節コンクール』

そういう見出しで、軽井沢町が主催して、全国各地の馬子唄や追分節を競《きそ》う大会が、この夏に行なわれることが紹介されていた。

「被害者がなぜ、こんな一週遅れの週刊誌を持っていたのか、何人もの刑事が調べていたのですが、どうしても分からなかった。しかし、竹村さんに軽井沢の事件を聞いて、これだと思いました」

「これですよ。間違いなくこれです」

竹村は思わず興奮した口調になった。

「えっ？　ほんとですか？」

あまりにも断定的な言い方に、岡部は驚いて、竹村の顔を見た。自分の発見が、そんなに効果的な衝撃を竹村に与えるとは思ってもみなかったのだ。

「どうしてそう思われるのですか？」

むしろ当惑《とうわく》ぎみに、訊いた。

「いや、驚きました」

竹村は唾《つば》を飲み込んで、言った。

「じつはですね、軽井沢の事件の被害者について、たった一つ、注目すべき情報があるのです。それは、被害者とよく似た男が、去年の『全日本馬子唄・追分節コンクール』の会場に現れていたらしいというものでしてね」

「ほう、すると、その被害者はコンクールの参加者だったのですか？」

「いや、参加者なら確認のしようがあるのですが、単なる見物客だったのでしょう。ただし、近くの蕎麦屋で、会場の浅間《せんげん》神社へ行く道を尋ねているのですね。だから、少なくとも馬子唄や追分節のファンであった可能性は高いと思います」

「うーん……」

岡部はもう一度、あらためて雑誌のコラムを眺めた。

「そうすると、こっちの被害者もそういうファンかもしれませんね」

「もし、そのコラムのために、古い雑誌を大事に持って歩いていたのだとすれば、その確率は高そうですね」

竹村は賛同した。

「とはいうものの、それはあまりにも推測にすぎますけれどね」

岡部は多少、気がさしている。

「かりに、追分節のファンだとして、そのことが事件とどういう関わりがあるのか、まるで分かりませんしねえ」

「それは岡部さんらしくないですなあ」

竹村は不満そうに言った。

「はあ？　私らしくないというと？」

「いや、岡部さんは、もっと大胆に仮説を樹《た》てて、そのセンでつっ走る人だと思っていたのですが」

「ははは、それは私より、むしろ竹村さんのほうでしょう」

「え？　私がですか？　いや、それは若い頃ならともかく、いまは慎重に、石橋を叩いても渡らないほうですよ。なあ」

木下を振り返ったが、木下は黙って、ニヤニヤ笑っている。

「ともかくですね、東京と軽井沢の追分で殺人事件があって、しかも両方の被害者とも、追分節に関心がある人物であった——と仮定すると、その共通項から何か答えが出てきそうな気はしますよ」

竹村はそう思い込んだら、石橋どころか、紙で出来た橋でも渡りかねない勢いで主張した。

「分かりました。それでは竹村さんのおっしゃるとおりだとして、いったいどういう仮説が考えられるかですね」

岡部は微笑を浮かべながら言った。

「三月四日に軽井沢の追分で殺人事件があった。被害者は追分節の愛好者らしい。それから三日後の三月七日の夜、本郷追分で何者かと待ち合わせたらしい男が殺された。その被害者が持っていた雑誌に、追分節コンクールの記事が載っていた。

さて、この謎はどう解けばいいのか……」

岡部と竹村を囲む捜査員たちが、全員、固唾《かたず》を飲むような目で、二人の警部を交互に見つめた。

「これは宿題ですな」

竹村はごくあっさりした調子で言った。緊張していた空気が、いっぺんにフワーッと崩れていった。

5

その夜の宿は、本富士署員の紹介で、本郷の日本式旅館に泊まった。東京のど真ん中にこんな旅館があるのか——と思えるような、昔風の建物であった。

「この近くに菊富士ホテルなんかもあったのですよ」

旅館の女将《おかみ》が教えてくれた。

「菊富士ホテルって、何ですか？」

木下が訊いた。

「なんだ、そんなことも知らないのか。竹久夢二なんかが泊まった、有名なホテルじゃないか」

竹村は情けない——と言わんばかりに言ったが、女将はさすがに如才《じょさい》ない。

「いいえ、いまどきのお若い方は、どなたもご存知ありませんよ。竹久夢二はともかく、谷崎潤一郎先生や宇野千代先生、尾崎士郎先生、直木三十五先生などもお泊まりになったのですけれど」

「はあ……」

そういう人名を聞いても、木下にはまだピンとくるものがないらしい。

夕食の時刻に岡部が坂口を連れてやってきた。食事だけでも付き合うという。

「あの事件の時も、神田の旅館で食事をしましたねえ」

ビールを注ぎながら、岡部は懐かしそうに言った。

「そうそう、こんなふうにビールで乾杯しました」

竹村ももちろん憶えている。

「あの時の警部補さん、たしか園田さんといいましたか」

「ああ、飯田署の係長ですね。イノシシというのがあだ名でした」

「あはは、まさにそういう感じでしたねえ」

「いまは大町署の刑事課長です」

「あの頃は、竹村さんはたしかまだ部長刑事でしたか」

「ええ、岡部さんは室町署の警部補で、三つ揃いをパリッと着こなして、田舎刑事には眩《まぶ》しいくらいカッコよかったですよ。うちのカミさんが憧れましてねえ」

二人の警部の昔語りは、若い部下には通じないが、松川ダムのバラバラ死体遺棄に端を発した事件のことは、竹村と岡部にとっては忘れることのできない貴重な体験だ。

「世の中には、常識では考えられないようなことが起こるというのを、あの事件のお蔭で知りました」

岡部はしんみりした口調で言った。

「そもそも、バラバラにした死体を、東京からタクシーでわざわざ飯田のダムまで運ぶというのからして、信じられない暴挙ですよねえ」

「へえーっ、本当にそんなことをしたのですか」

坂口刑事が興味深そうに口を挟んだ。

「ああ、本当の話だ。しかもタクシーの運転手が見ている前で、死体の入ったダンボール箱を捨てたのだよ」

「どういうことですか、それ？　レンタカーでこっそり運んで捨てるならともかく、それじゃ、まるで死体を隠蔽《いんぺい》する気がないみたいじゃありませんか」

「そういうことだな。しかし、これは実際にあった事件なのだ。まあ、あんなことを推理小説で書いたら、読者に笑われるだろうけれどね」

「まったく、事実は小説より奇なりを地でゆくような事件でした」

竹村が言った。

「それで、事件は解決したのですか？」

坂口が訊いた。

「ああ、こちらの竹村さんが、たった独りで解決されたのだよ」

「独りで？」

「そうだよ。長野県警も警視庁もサジを投げたような状態に、たった独りで歯向かって、じつに壮絶きわまる戦いぶりだった。いま思い出しても、私は頭が下がるよ」

「ははは、やめてくださいよ。実情はそんなに自慢できるような話ではないのだから」

竹村はビールのせいばかりでなく、顔を赤くした。

その事件は、結果的には竹村を二階級特進させたのだが、理由はともかくとして、捜査の過程で、美しい社長秘書を自殺に追い込むという悲劇を生んだ。捜査そのものは勝利で終わったが、そのことだけは竹村の苦い記憶として、いつまでも残った。

「考えてみると、軽井沢の土産物店の前に死体が捨ててあったというのは、どことなく、あの事件のバラバラ死体遺棄と似ていますねえ」

岡部はふと思いついて、言った。

「単なる仮説でなく、今度の二つの事件も、竹村さんが言われたような関連性があるのかもしれませんね。だとすると、またしても想像を絶するような怪事件ということになりそうですよ」

「しかしもう、なるべくなら、ああいうややこしい事件にならないように願いたいものですなあ」

竹村は老人のように疲れた声を出した。

翌朝、朝食の時に、番頭が持ってきた新聞を読んでいた木下が、突然、「あっ、出てますよ」と叫んだ。

「何が？」

「追分の事件がです。ほら、これです」

木下が示した箇所を見て、竹村も「あっ」と言った。

記事はいわゆる社会面ではなく、見開きの前のページに掲載されている。つまり、事件の報道というより、ある程度、読み物的な扱いをしているということのようだ。


――二つの「追分」で謎の連続殺人――

こういう見出しで、東京・本郷追分で起きた事件と、長野・軽井沢の信濃追分で起きた事件とが、奇妙な繋がりをもっているらしいことを、やや猟奇的な興味を抱かせるような筆致《ひっち》で書いている。

「驚いたなあ……」

竹村はどうしてこういう記事が書かれたのか、驚きと同時に、多少の不満を覚えた。

「まさか岡部さんが発表したとは思えないがねえ」

その疑問に答えるように、岡部から電話が入った。

「新聞、見ましたか?」

いきなり言った。

「ええ、いま見て、驚いているところです。どういうことなのでしょうか?」

「いや、私にもよく分かりません。もしかすると、うちの捜査員の誰かが、ブンヤさんにリークしたのかもしれませんが、困ったことです」


岡部の痛恨《つうこん》の想いが、電話口から洩れてきそうな言い方だった。

「ほかの新聞には出ていないようですから、たぶんこの新聞の特ダネでしょう。しかし、こんな具合に出てしまうと、テレビも飛びついてくるでしょうし、捜査の妨害《ぼうがい》になるおそれがあります」

捜査現場の混乱を想像して、二人の警部はしばらく沈黙した。

「しかし岡部さん、これで存外、被害者の身元についての情報が出やすくなるかもしれませんよ」

竹村は気を取り直して、岡部を慰めるように言った。

「はあ、そうですね。せめてそうなってくれるといいのですが……」

岡部は自分のスタッフがリークしたと思って、責任を感じているから、重い口調にならざるを得ない。

「いずれにしても、これは警察の手の内を晒《さら》した結果になりますからねえ、私としては、それによって、犯人側に有利な状況を作り出すことが心配なのです」

その点は岡部の言うとおりだ――と竹村も思った。

情報化時代もいいのだけれど、警察の捜査状況が逐一《ちくいち》、筒抜けに報道されてしまう風潮というのは、捜査当局側としては困る場合が少なくない。

ことに誘拐事件などの場合には、マスコミ各社の協力を仰いで、事件解決まで一切の報道を自粛してもらっているのだが、それでもなお、不都合な事態が生じることもないわけではないのだ。

例のグリコ・森永事件では、犯人側がマスコミを踊らせて、捜査当局を揶揄《やゆ》するようなことまでやってのけた。

今回のケースにしても、もし、実際に二つの事件に関連性があるとしたら、犯人側は警察のこうした動きに対応して、何か捜査を攪乱《かくらん》する方策を考えてくるだろう。

また、逆に、関連がないとすれば、あたかも関連があるかのごとく、演出するかもしれない。

それをどう読むかが厄介《やっかい》だ。いずれにしても、事件の複雑化に戸惑うことになりそうな気配を、竹村は予感していた。

6

案の定、その新聞記事をきっかけに、マスコミは、いったん興味を失って、そっぽを向いてしまった「八百屋お七の墓殺人事件」の時以上に、二つの「追分殺人事件」を追い掛けはじめた。しかもその動きは、思った以上に早かったのである。

その日の朝から、本富士署には各社のカメラマンやレポーターと称する連中が詰め掛けて、刑事らしい人間が通ると、片っ端から声をかける。

やむを得ず、岡部はこっそり捜査本部を抜け出して、竹村の泊まっている旅館にやってきた。

「昨日の発見を元に、捜査体制を立て直そうとしている矢先ですからねえ、まったく厄介なことになりました」

岡部は面目なさそうな顔をしてから、気を取り直して言った。

「しかしまあ、それはそれとして、追分節というのは、全国にどのくらいあるものか調べてみたのですが、これがけっこう、大変な数にのぼりそうです」

「そうでしょう。それは私のほうでも調べました。まあ、本家本元が軽井沢の追分宿から発したことだけは確かなようですが、そこから流れ流れて広がった追分節は全国到るところにあるのですよ。しかも、それぞれの地元で、追分節保存会のようなものを作っているそうです」

「なるほど、そうなると、追分節ファンというだけでは、被害者の身元はなかなか特定できそうにありませんね」

「いや、いくら多いといっても、カラオケファンほどの数はありませんからね。各地のそういうグループに連絡を取れば、存外、早い時期に身元が割れるかもしれませんよ」

「だといいのですが……まあ、とにかくそのセンで全国のそういう団体に手配はしてみるつもりです」

「じゃあ、そのほうは岡部さんにお任せしていいですか？」

「ええ、結構です。こういうことは警視庁でやったほうが能率的ですからね」

岡部はそう言ったものの、その成果については、あまり自信がなかった。

「かりに、われわれの考えどおり、被害者が追分節ファンであったとしても、それが事件にどう関係するのか……いくら想像しようとしても、何も浮かんできません。竹村さんはどうですか？」

「いや、私だって同じですよ。だいたい、軽井沢の事件なんか、なぜ『ひいらぎ』という店の前に、わざわざ死体を遺棄しなければならなかったのか、犯人側の意図がさっぱり摑めないのですからねえ。昨日は似ているなんて言いましたが、飯田のバラバラ死体の時より、もっと奇妙な謎かもしれませんん」

「それはこっちの事件も同じです。なぜ八百屋お七の墓なのか。そのことにはたして意味があるのかないのか」

「これで、二つの事件に関連があるということになると、まさに推理小説を地でゆくような話ですね」

「いや、近頃の推理小説なんて、旅情ミステリーだとかなんだとか、ロクなものはありませんからね、やっぱり事実は小説より奇なりのクチですよ、これは」

岡部は旅館のチェックアウトの時刻ぎりぎりまでいて、竹村たちと一緒に旅館を出た。

「よろしければ上野駅まで送りますよ」

岡部は言ってくれたのだが、竹村はもう一度、丸岡家を訪ねてから帰ることにしていたので、旅館の前で右と左に別れた。

昨日よりも急に春めいて、本郷界隈の住宅街にはのどかな気配が漂っている。

「何も関係がないのかもしれないけどね、丸岡家が八百屋お七の墓のそばというのが、どうしてもひっかかるのだよ」

木下と歩きながら、竹村はそう言った。

「ただの偶然ということではないでしょうかねえ？」

木下は物事を単純に見るタイプだ。

「そうあっさり言うなよ。よしんば偶然だとしてもだよ、広い世界の中で、たった百メートルしか離れていない場所に、似たような死体があったなんていうのは、ちょっと因縁《いんねん》じみていると思わないかい？」

「因縁ですか……うちのばあさんも、ふた言めには因縁がどうしたとか言いますけどね」

「ははは、ばあさんと同じにするなよ」

「いや、冗談じゃないのです。縁談だって何だって、因縁がらみで持ってくるのだから、かないません。それが大抵、ひどいブスでしてねえ」

「なんだ、キノさんには彼女がいるんじゃなかったっけ？」

「いますよ。いるけど、なかなか結婚できないのです」

「ほらみろ、そういうのもすべて因縁というものなのだ」

「違いますよ。原因は単に、警部にコキ使われてばかりいて、デートのひまがないというだけのことです」

「ふん、何でもおれのせいにするんだからなあ。だったら一度、おれが彼女に会って話をつけてやろうか？」

「やめてくださいよ。警部が出ていったら、ぶち壊しですよ」

「そうかなあ……しかし、それはそうと、丸岡家はどこだったかな？　もうそろそろ行き着いてもいいはずだが」

「道を間違えたんじゃありませんか？」

どうやら木下の言うとおりらしかった。似たような路地だが、見憶えのない街である。道を尋ねようにも、人通りがまったくない。どこの家も塀が高く、門をピタリと閉ざして冷たい顔をしている。

細い路地を鉤《かぎ》型に曲がると、ずっと先の突き当たりに、何か骨董《こっとう》品を扱う店のような建物が見えた。その店を背にして、女性がこっちに向かって来る。

竹村は女性を呼び止め、地図を見せて訊いた。三十代なかばぐらいの、化粧も服装も派手な感じの女だったが、対応は親切だった。やはり一本、手前の通りに入り込んでいたことが分かった。

「この先は袋小路ですから、引き返して、別の道に入り直さないと行けませんよ」

女性は教えてくれたばかりか、同じ方向へ行くからと言って、路地の曲がり角までついて来てくれた。

「東京の女性もなかなか親切だね」

礼を言ってから、しばらくのあいだ女性の後ろ姿を見送って、竹村は言った。

「それに、垢抜けている。そういえば、『ひいらぎ』のママと雰囲気が似ているな」

「なんだか、そういう言い方だと、警部は『ひいらぎ』のママに気がありそうですね」

「ばか、そういう次元の低いことを言うんじゃないよ」

「すみません」

木下はペロリと舌を出した。

「そういえば、さっきのあの店も雰囲気が似ていたな」

竹村は独り言のように呟いた。

「は？」

木下が問い返した。

「いや、さっき、突き当たりにあった店がだね、どことなく『ひいらぎ』に似た感じだったと思ってさ」

「そうですか？　ぜんぜん似てませんよ。『ひいらぎ』は白木だし、あそこはなんだか、黒っぽい建物だったじゃないですか」

「そうだけどさ、感じが似ていたとおれは思っただけだよ」

「似てませんよ、ぜんぜん、警部の感覚はおかしいのじゃありませんか？」

「うるさいな、いいよもう」

竹村は大股に歩きだした。

丸岡家は今度はすぐに分かった。予告なしの訪問だっただけに、丸岡は昨日よりいっそう不機嫌そのもののような顔をして玄関に現れた。

「今日は何かね？」

上がれとも言わずに、言った。

「はあ、ちょっと昨日、お訊きするのをうっかりしたことがありまして」

「何だい、早く用件を言ってくれないか」

「じつは、軽井沢で殺された被害者は、追分節のファンらしいのです。丸岡先生は、その点について、何かお心当たりはありませんでしょうか？」

「追分節？　そんなもの、私は興味がない。それだけかね？」

「それともう一つ、ここの近くの、八百屋お七の墓のところで、殺人事件があったことはご存知ですね?」

「ああ、知っとるが」

「その被害者もまた、追分節のファンであるらしいのです」

「ふーん……」

丸岡は、はじめて、こっちの話に興味を惹《ひ》かれたような顔を見せた。やはり警察関係者に教え子がいる関係で、まんざら事件捜査に関心がないわけでもないのだろう。

「そうすると何かね、二つの事件には関連があるとでも言うのかね?」

「はあ、その可能性があるのではないかと思料して、現在、捜査を進めております」

「ふーん、軽井沢とここの事件がねえ……」

丸岡は、しばらく何かを模索するような眼で竹村の顔を眺めていたが、首を横に振って言った。

「いや、いずれにしてもわしには関係がないことだ。娘も同じだろう。それ以上は話すこともないね。では失敬するよ」

取りつく島もなく、踵《きびす》を返して、奥へ行ってしまった。

7

竹村と木下はその日、いったん長野市の自宅に帰って、翌朝、軽井沢の捜査本部に帰投することになった。

竹村は陽子に、東京で岡部警部に会った話をした。陽子は「えっ、ほんと?」と娘のような声を出した。

「あたしも会いたかったなあ」

「ばか、亭主に向かってなんてことを言う」

「でも、懐かしいわねえ、岡部さん、やっぱりカッコよかった？」

「ああ、おれよりはマシみたいだな」

「あなたと比較したってしようがないじゃないの」

「あははは、それは言えてる」

愚にもつかないことを言い合って、下着の新しいのを詰め込んだバッグを持つと、竹村は官舎《かんしゃ》を出た。また一週間の御無沙汰になるだろう。

本部を留守にしたのは、わずか三日間だけだったが、そのあいだに、軽井沢ではほんの少しながら、捜査に進展があった。

竹村が捜査本部のある会議室に入って行くと、留守居役の吉井部長刑事が、顔をパッと輝かせて飛んできた。

「あ、お帰りなさい。ついさっきですが、県警の科学捜査研究所から連絡が入ったところです」

「ほう、科捜研が何だって？」

「例の指紋の分析結果が出たのだそうです。それによると、被害者は、どうやら事件の当日、中軽井沢駅に降りた客らしいです」

捜査本部では、かねてから、近辺の駅——軽井沢、中軽井沢、信濃追分、御代田《みよた》——に被害者の顔写真を配っておいたのだが、中軽井沢の駅員の一人が、もしかすると——という、曖昧な記憶を通報してきた。

顔写真は殺人事件の被害者だから、もちろん死顔で、生前の顔つきとはかなり違って見えるだろうし、もともと、乗客の顔などというものはそれほど記憶に残らないものだ。したがって、駅員も

「自信はないですよ」と言うくらい、きわめて不確かだったが、それでも念のために、事件の前日と当日、中軽井沢駅で回収された切符の指紋を全部調べてみた。

その結果、あまり鮮明ではないけれど、まあまあ合致するかな――と思える指紋が採取され、それを科学捜査研究所に送っておいたのである。

「そうか、それはよかったねえ」

竹村は、捜査開始以来初めてといっていい朗報《ろうほう》に、喜んで見せた。

「しかし、科学捜査研究所の話では、それが間違いなく被害者の指紋かどうかはきわめて微妙《びみょう》だということです」

吉井の言い方は、あまり歯切れがよくないものであるとはいえ、ともかく一応の進展であったことは事実だ。

「で、切符の発行駅はどこだった？」

「それがですね、旭川《あさひかわ》なのです」

「旭川？　北海道のかい？」

「はあ、旭川から軽井沢まで、通しの乗車券から、指紋が採取されました」

「というと、特急券なんかは？」

「だめでした。旭川駅発行の特急券というのはなかったのです。したがって、上野かどこかでいったん降りて、日を置いて信越線に乗ったのではないかと考えられます。現に、旭川駅の発行日は、事件の日よりも四日前のものでした」

「そうすると、被害者は青函《せいかん》連絡船に乗って来たっていうわけか」

竹村は感慨深げに言った。昭和六十三年三月十三日、青函連絡船は八十年の歴史を閉じた。廃止される直前、北海道から青函連絡船に乗ってやってきた男が、はるかの地・軽井沢で殺されたというのが、なんともドラマティックな出来事のように思えた。

「じゃあ、早速、旭川に連絡して、被害者に該当するような行方不明者の捜索願が出ていないか、調べてみてくれ。それと、一応、顔写真を送ったほうがいいな」

「はい、その手配は完了しました」

さすがに吉井は頼りになる男だ。

竹村はデスクにつくと、電話をとって、東京の岡部にそのことを報告した。

「旭川ですか?」

岡部も意外そうな声を出した。

「おっそろしく遠いところから来たものですねえ」

「いや、まだ必ずしもそうと分かったわけではありませんが」

「そうですね。しかし、事件の報道に対していまだに反応がないところをみると、確かにそのくらいの遠隔地である可能性が強いのかもしれませんね」

旭川からの反応は鈍かった。少なくとも、行方不明者捜索願は警察に提出されていなかったのである。

そうなると、切符の指紋ははたして被害者のものであったのかどうかすら、疑問になってきた。

ところが、事態は思わぬ方角から思わぬかたちで、新たな展開を見せた。それは皮肉にも、捜査当局の努力によるものではなく、むしろミスが招いた幸運というべきものであった。

竹村が「予言」したように、東京の新聞に掲載された「二つの『追分』で謎の連続殺人」という記事がきっかけで、マスコミは二、三日のあいだ、テレビを中心にその事件のことを追い掛けていた。

もちろん軽井沢署にも取材陣が押し掛けてきたし、事件現場の『ひいらぎ』の店も、かなりの「被害」にあったらしい。

だが、当然といえば当然ながら、テレビの効果は目をみはるものがあった。放送されたその日から、もしや知人の誰それではないか——といった投書や問い合わせが、あいついでテレビ局や新聞社、警察に寄せられたのである。

そのほとんどは、被害者とのあいだに著しく年齢差があったり、間違いだったりするものばかりだったが、それでも何パーセントかについては、確認を必要とするような情報であった。

軽井沢署にもいくつかの通報が入ってきたが、その中に、北海道赤平《あかびら》市に住む「秋山徳二《あきやまとくじ》」という人物からの封書があった。

文章も文字も決して上手ではなかったが、それだけに真面目な人柄がしのばれる内容であった。

それによると、被害者の男は、かつて夕張の炭鉱で同僚だった「桑江仲男《くわえなかお》」ではないかというのである。

ニュースによりますと、被害者の男の人は、昨年、軽井沢で行われた追分節コンクールを見物に行ったらしいということでありましたが、私の知っている桑江さんも、大の追分ファンでありまして、やはり昨年、軽井沢に追分節の大会を見に行き、その話をしておりました。

私どもの勤めていた炭鉱は、昨年の暮れに廃鉱となりまして、桑江さんとはそれきり会ってはおりません。桑江さんは身寄りのない独身ですので、もしかすると、行方不明になっても、誰も気付かないかもしれません。

　桑江さんは退職後、旭川に一人で暮らしながら、仕事を探していましたが、二月の中頃、電話をくれて、いい仕事が見つかったので、東京の方へ出るような話をしていました。

　その後、落ち着いたら手紙をくれるということでしたが、ずっと音信不通です。真面目で律義な人でしたので、どうしたのかと、案じております。

　もし桑江さんであればと思いまして、少し古くなりましたが、仲間たちと一緒に写っている写真をお送りします。前列の向かっていちばん右の人が桑江さんです。なお、私はその隣の男です。


「この人らしいな」

　竹村は写真を見た瞬間、言った。

「はあ、私もそう思いました」

　吉井も言い、ほかの捜査員たちも写真を回し見て、全員が頷いた。

　追分の『ひいらぎ』で死んでいた男は、いわゆる炭鉱離職者だったのである。

　秋山徳二の手紙によれば、桑江仲男は真面目で律義だったそうだ。炭鉱不況という不運に見舞われ、家族もなく――というのでは、恵まれた人生とはいえなかっただろう。そしてその最期も、悲劇的であった。

　それにしても、桑江の身の上に降りかかった災難は、いったいなぜ、誰の手によってもたらされたものなのだろう。

「吉井君、きみ、北海道へ飛んでくれ」

竹村は命じた。本心は自分が行きたいのだが、捜査主任が本部を空けてばかりいるわけにはいかない。

「相棒は軽井沢署の清原刑事がいいだろう」

所轄署の人間を大事に扱うのも、竹村らしい心遣いだ。

その日のうちに、吉井と清原は北海道へ向けて出発した。

第四章　北の鎮魂歌

1

秋山徳二は根室本線の赤平駅まで迎えに出てくれた。

「お宅のほうへ伺います」

札幌から電話をかけた時、吉井が遠慮してそう言ったのに対して、秋山は「みっともない家ですから」と固辞した。

あまり無理強いしても——と好意を受けることにしたのだけれど、列車に乗って沿線の風景を眺めると、秋山の言っていたことが、謙遜《けんそん》や衒《てら》いでないことが分かるような気がしてきた。

赤平、芦別《あしべつ》など、根室本線沿線には、かつては盛栄を誇った炭鉱が並んでいた。昭和三十年頃の採炭のピークには、軒並み、活況《かっきょう》を呈していたところである。

四十年を境に、石炭需要は急速に落ち込んで、五十年代に入ると閉山があいついだ。坑夫とその家族は困窮《こんきゅう》に喘《あえ》いだ。その一方で、会社側は能率重視の採炭を押しつけ、それに比例するように、事故が続出し、一家離散や心中事件などがあとを絶たなかった。

沿線にいまなお散見される炭鉱労働者の住居——いわゆる「炭住」の、いままさに朽ち果てようとするすがたには、その零落《れいらく》の歴史が刻みこまれている。

「あれよりは、うちの署の官舎のほうが、数段上です」

清原刑事は興醒《きょうざ》めした顔で、言った。

久し振りの旅行で、清原はもちろん、吉井までも、いくぶんはしゃいだ気分になっていたのが、そういう風景を見て、かえって気持ちが引き締まった。

秋山はすぐに二人の刑事を識別して、駆け寄ってきた。

「秋山です、ご苦労さまです」

人の好さそうな顔で、少しひしゃげたように笑いながら、無骨な挨拶をした。

吉井は自己紹介をし、清原を紹介した。

「赤平は炭鉱の町と聞いていたので、ボタ山だとか、そういうものがあるのかと思っていました」

改札口に向かいながら、吉井は周囲を見回して、言った。駅前に何の変哲《へんてつ》もない、殺風景《さっぷうけい》な建物が並んでいる。店も少しあるけれど、どの建物もスパイクタイヤ禍の粉塵を浴びたのだろうか、ネズミ色にくすんでいる。

「ああ、北海道の炭鉱には九州みたいなボタ山はあまりないのです。谷みたいな所に捨てているわけでして。それに、いまはほとんどの炭鉱が閉山してしまいましたので」

「そうなのですか。すると、炭鉱で働いていた人はどういう仕事をしているのですか?」

「赤平の場合は、芦別温泉を中心とした、レジャー施設が出来まして、私もそういうところで、警備員をやっております」

秋山は照れ臭そうに、ボソボソと喋《しゃべ》った。

五十二歳だという。年齢よりはるかに老けて見える。上腕部《じょうわんぶ》から胸の辺りなどは逞《たくま》しく発達しているのに、前かがみの姿勢は、この男を実際よりも小柄に見せていた。

　吉井部長刑事と清原刑事は、秋山の後ろについて、駅前の喫茶店に入った。

　ずいぶん前に建てたらしく、うらぶれた駅前風景に相応《ふさわ》しい、暗いムードの店だ。

「どうも、遠いところを、ご苦労さまなこってすなあ」

　秋山はあらためて、挨拶した。その時だけ両手をテーブルの上に載せた。節くれだった指や甲の皮膚の色は、意外なほど白かった。

　秋山は二人の刑事の視線を感じたのか、照れたように慌てて手を引っ込めた。

「ちょっと気味が悪いかもしれませんが、この写真を見てください」

　吉井は三葉の写真を秋山の手に渡した。いずれも、軽井沢で死んだ男の「デスマスク」である。

「ああ、やっぱし桑江さんです」

　秋山は驚くほど平板な口調で言った。このテの写真を見せて、こんなに平然としていられる人間を、吉井はこれまで見たことがなかった。

　警察官だって、新米の頃は、眉をひそめたり、なかには吐き気を催す者だって少なくないのだ。

「割と平気なようですな」

　吉井は、いくぶん皮肉をこめた言い方をした。

「え？……」

　秋山はバツが悪そうに、赤く充血した目をしばたたいた。

「慣れているもんで」

「慣れている？」

「はあ、炭鉱じゃ、仲間がずいぶん死にましたので」

　昭和五十六年十月十六日のガス突出事故で、夕張炭鉱は事実上、閉山へと、最後の階段を駆け下りた。

その日の死者行方不明九十三名。遺体が上がらなかったものは五十九名にものぼった。夕張炭鉱は坑内の火災が消えず、ついに水没させることに決定されたのである。

その時期、秋山は夕張炭鉱にいた。

「そのあと、南大夕張のほうに雇ってもらって、そこでも桑江さんと一緒になりました」

秋山はとつとつと語った。

南大夕張は最後の優良炭鉱だったのだが、それも昭和六十年五月十七日のガス爆発事故で、死者六十二名、重軽傷二十四名の大災害を起こした。

「その事故でも、たまたま助かったもんで、これが潮時かなあと思っておりました。だから、閉山が決まっても、山を下りることに未練はなかったのです」

秋山の口調は、異常に淡々として、この男には人間なみの感情の起伏があるのだろうか——と、疑いたくなる。よほど地獄を見てきたにちがいない。

「桑江さんもたしかに一緒に辞めたはずだが、バラバラになってしまったもんで……」

掌《てのひら》の中の桑江の「デスマスク」を、いとおしそうに撫《な》でていた。

「追分節の愛好者だったそうですが、歌は上手かったのですか」

「さあ、それほど上手いとは思わなかったですが、好きでしたね。少し酒が入ると、すぐに歌い出したし、山から帰ってくる道でも、のんびり歩きながら、楽しそうに歌っていましたっけ」

炭鉱街を歌いながら、真っ黒い顔をした男たちが連れだってゆくのが、目に見えるようだった。

2

三人ともコーヒーを頼んだ。運ばれてきたコーヒーに順々に砂糖を入れ、ミルクを入れ、その作業のあいだ、しばらく会話が途絶《とだ》えた。

「『幸福《しあわせ》の黄色いハンカチ』という映画があったでしょう」

秋山は、コーヒーを啜《すす》りながら言って、また忙しくまばたきをした。

「夕張では、その映画の撮影があった近くに住んでいました。桑江さんもそうでした。彼は奥さんがいたのだけれど、逃げられてしまって、独り暮らしでした」

「逃げられたのですか？」

吉井は少しこだわった。事件が、その逃げた妻と、何らかの関わりがあるのではないか——と思ったのだ。

「はあ、男が出来て……暴力団員でした。その頃は、事故の犠牲者の遺族に、会社や国から弔慰金《ちょうい》だとか、見舞い金だとか、いろいろあって、それを狙って、銀行や新興宗教や、それに寄付だとか、そういうのがいろいろ来て、暴力団も来たのです。博打《ばくち》にひきずり込んだり、わけも分からないうちに騙し取ったり……死んだ坑夫に金を貸してあったとか言ってです」

「ひどい話ですね」

「いや、炭鉱はもともとひどいところでしたのです。……石炭会社は人柱の上に建っていたようなものです。人間の尊厳というのですか、そういうのは、われわれには与えられていなかったと思っています」

　話の内容とは無関係に、秋山の表情はむしろ楽しそうにさえ見えた。遠くで見ている者は、ただの世間話をしていると思うかもしれない。

「炭鉱を辞めてから、桑江さんは赤平町には来なかったのですか？」

「はい、南夕張でも家は近所でしたが、閉山してそこを出る時に別れたきり会っていません。桑江さんは旭川のほうへ行って、しばらくは、日雇いとか失業保険でなんとか食いつないでいたみたいですが、この二月の中頃、電話をしてきて、東京に仕事が見つかった、かなり割のいい仕事だ、おれにもようやく運がめぐってきたらしい、落ち着いたら様子を知らせるから、おまえも東京に出ないか——と、そう言ってました」

「どういう仕事か、内容は言ってませんでしたか？」

「はあ、ただ割がいいということだけで、どこで何をするのかは言ってなかったような気がします」

「東京のどこに行くとも言わなかったのですか？」

「はあ、落ち着いたら手紙を書くと言ってましたので、まだ住所がはっきり決まらなかったのではないでしょうか」

「二月の中頃に東京へ行くという電話があったのでしたね。ところが、中軽井沢駅で回収された列車の切符は、事件の四日前に旭川で発行されたものだったのです。つまり、実際に旭川を出たのは二月の末か三月の頭ということになります。秋山さんのところに電話があってから約半月、経過していたわけですよね」

「そうだったのですか。私には、なんだか、すぐにでも出発しそうな感じで話していたのですがねえ」

「その桑江さんからの電話ですが、詳しく思い出してもらえませんかねえ」

「ですから、割のいい仕事があって、東京へ行くという……」

「あ、それは分かりますが、私の言っているのは、もっと細かく、最初からですね。たとえば、久し振りだとか、そういうことも言ったわけでしょう？」

「はあ、それはもちろん、言いました」

「元気そうでしたか？」

「元気そうでした」

「まず何て言ったのです？」

「ですから、久し振りですねと……」

「その前に、『桑江ですが』とは言わなかったのですか？」

「いや、それはもちろん言ったと思いますけどねえ」

秋山は少し呆れぎみに、苦笑した。

「そんなことはどうでもいいだろうと思うでしょうが、そういう、細かいところに、案外とヒントが潜んでいたりするものなのです」

吉井はもったいぶって、言った。無意識に竹村警部のやり方を真似ている。

「はあ、そういうものなのですか。しかし、言葉の細かいところまでは、思い出せそうにないですが」

「まあそう言わないで、思い出してみてください。桑江です、久し振りです……それから、元気ですかとか、そういうことは言ったのでしょう？」

「はあ、言ったと思います」

「そして、今度、東京のほうへ行くことになったと」

「まあ、そうです」

「それから?」

「それから……」

秋山も熱心に考えてくれている。

「ヤマではひどい目に遭《あ》ったなというようなことを話しましたね」

「それはどちらが?」

「両方です、私も言いました。あの日のことをです」

「あの日というと?」

「ドカンときた日です」

「ガス爆発のあった日のことですか」

「はあ、九十三人が坑内に閉じ込められて、最後まで連絡があったのは、下請けの十五人だったのですが、無線で『いやあ、とにかく腹が減った』と言ってたのを、事務所で、私と桑江さんも聞いていたのです。その話をしました」

秋山は膝を貧乏ゆすりしているほかは、外見上はまったく変化を見せない。

「その十五人も助からなかったのですか」

「海面下八百メートルでした。それでも、その人たちはまだましなほうで、遺体だけはなんとか出せたのです。遺書がありまして、娘さんと息子さんに宛てた遺書でした。エアが弱くなった、気温が上がっているので……エアがこなければ終《しま》い。洋、厚子……あとは読めませんでした」

深い悲しみと怒りをこめて心の中を見つめているのだろう。秋山は焦点の定まらない目で、テーブルの上の空間を眺めている。

3

重苦しい空気が漂《ただよ》った。それを和《やわ》らげるように、吉井は少し陽気な声で言った。

「まさか、電話でそんなことまで話したわけではないでしょうね？」

秋山は表情を変えなかった。

「いや、口には出さないけれど、気持ちの中ではそういう、いろいろなことを話したと思います」

吉井は清原刑事と顔を見合わせた。

「なるべくなら、口に出したことを教えてもらいたいのですが」

清原がメモをする手帳を示して、遠慮がちに言った。

「ああ、そうでした、すみません」

「いや、いいのです。そういう辛い目に遭ったなんてことは、話を聞かないと、われわれには分かりませんからね」

吉井は慰めるような口調で言った。

「北海道なんていうと、まるで観光の理想郷みたいなイメージしか湧かないでしょう。そこに、ほんの少し前まで……いや、いまでもそうなのかもしれませんが、そんな恐ろしいことがあって、その過去を、たぶん何万人という人が引きずって生きているという、そういうことは、われわれとしても、やっぱり知っていなければならないと思うし……」

「やつらに復讐《ふくしゅう》してやりたいよな、と言いました」

秋山はいきなり、言った。

「復讐？」

自分の話の腰を、思いがけない言葉で折られたので、吉井はギョッとした。

「復讐と言ったのですか？　それは、あの、桑江さんが？」

「そうです。しかし、私も言いました」

「秋山さんも、ですか」

「はあ。ただし、私は臆病者だから、ほんとだよなとか、まったくだとか、そういう、負け犬の遠吠えみたいなことしか言えませんでしたが」

「じゃあ、桑江さんは本気でそう言ったのですかね、復讐したいと」

「そうだと思います」

「やつらというと、誰のことですか？」

「それは……」

秋山は視線を吉井に向けた。そんな決まりきったことを——と言いたそうな目をしていた。

「つまり、炭鉱の経営者？」

吉井は慌てて確かめた。秋山は黙って、コクリと頷いた。

「そんなに憎かったのですかねえ」

「はあ、憎かったです。しかし、私はその頃はもう、あれは仕方がなかったのだとも考えていました。ほんとのところ、経営者だって苦しかったのでしょうからね。誰だって、憎まれることはいやですからね。それで、会社だって、政府だって、一日延ばしに根本的な解決をずり下げてきたのだし。その結果、もうどうしようもないところまできていたのだし。だから、誰かが憎まれ役を買って出なきゃならなかったわけで。それは仕方ないと思ったのです。それに……」

秋山はいちど視線を落として、それから眉をひそめて、言った。

「それに、会社ばかりが悪かったのかどうかは、ほんとのこと言うと、分からなくなっているのです」

「というと？」

「いまでも忘れられないのですが、五十七年の十一月三日、文化の日に、夕張の市民会館で、市政労働者の表彰がありまして、夕張の労働組合の委員長が表彰されました。賑《にぎ》やかにパーティがあって……だけど、その三週間前に、私ら組合員全員が解雇《かいこ》されていたのですよね。そういう最中に、いいのかなあと、割り切れないものを感じていました。結局、われわれ下っ端は、両方から踊らされていたのかなあと……」

「なるほど……そうかもしれませんね。すると、桑江さんはそんなふうに、客観的には考えられなかったというわけですか」

「分かりません。そういう、人がどう考えているのか、それを批判することもできませんし、どのくらい本気で憎んで、復讐しようとか、そういうこと、思っているのかも、分かりません」

「しかし、言葉では、少なくとも復讐したいと言っていたのですね？」

「はあ、いつかきっと復讐するって、必ずやるって言ってました」

「どういう復讐をするつもりだったのでしょうかねえ。たとえば、過激派がやっているような、テロ活動のようなことですか」

「それは分かりませんが、違うと思います」

「どうして違うと？」

「ああいうのは嫌いだと、前に言っていたことがありますから」

「ほう、ああいうのは、というのは、どういうことを意味しているのでしょうか」

「なんていうのか、たとえば爆弾みたいなものを使えば、結果的に無差別に人間を殺傷《さっしょう》するでしょう。それは許せないと言っていたのです」

「では、無差別でなければいいと？」

「さあ、それも違うような気がしますが、よく分かりません。漠然《ばくぜん》と、何かに対して、やりきれない気持ちで、そう言ったのかもしれません」

「しかし、いずれにしても、そうなる前に殺されてしまったのだから、皮肉なものですねえ」

「はあ」

「まさか、今度の東京行きが、その復讐と関係があるということはないのでしょうね」

吉井は思いついて、言った。

「さあ、どうでしょうか……それも分かりませんね」

「その時の電話では、軽井沢のことを何か言っていませんでしたか？　近いうちに軽井沢へ行くとか、です」

「その時は何も言ってません」

「桑江さんは、去年の軽井沢の追分節コンクールには、行ったということでしたね」

「はあ、そうです」

「しかし、その当時はまだ、南大夕張でしたか、その炭鉱のほうは閉山していなかったのでしょう？」

「ええ、しかし、裏実上、閉山しているのと変わりがないような状態でしたから、ひまだけは沢山ありました」

「それで、帰ってきて、軽井沢の話をしたのですね」

「そうです」

「どんなことを言ってましたか」

「楽しかったと言ってました」

「もう少し詳しくお願いします」

「夕張と気候が似ているとか、そういうことを言ってましたね」

「ああ、なるほど。そうかもしれませんね。そういえば、軽井沢は旭川の気候とよく似ているとかいう話を聞いたことがあります」

　吉井が言った。

「そうですか、そんなにしばれますか」

「ええ、けっこう寒いですよ。真冬には零下二十度以下ということもあります」

　軽井沢署三年目の清原が言った。

「それならずっと温かいです。旭川辺りはマイナス三十度近い日があります」

「しかし、梅雨がないと聞きました」

「ああ、それはそのとおりです。六月から七月にかけての頃が、いちばんいい季節でしょうか」

　秋山の目が、はじめて光を宿した。辛いヤマ暮らしにも、そこだけには余所《よそ》にない救いがあったということだろうか。

「コンクールのことはどのように話していましたか?」

「なかなか盛会だったそうです」

「それだけですか、たとえば、軽井沢で誰かに会ったとか、そういうことは言っていませんでしたか」

「ああ、そういえば、同好会でしたか、そういう仲間に出会ったとか言ってました」

「同好会というのは、追分節のですか?」

「だと思いますが」

　秋山はチラッと吉井の顔を見た。それもまた、分かりきったことを——という目であった。たしかに、追分節のコンクールで、追分節同好会の仲間に会うのは、当たり前の話にちがいない。

「それ以外には、誰かに会った話は？」

「さあ、聞いていません」

とうとう吉井は質問が出尽くした。あとは何を訊けばいいのだろう。竹村警部ならどういうことを訊くだろう……。

「一応、こんなところですかなあ」

吉井は、自信なさそうに言った。

「あとは旭川へ行って、桑江さんの近所の人から話を聞きますか」

清原に言うともなく、自分に言い聞かせるともなく言って、立ち上がった。

「や、どうもありがとうございました。また何かありましたら、話を聞かせてください。その名刺の電話番号でけっこうです」

吉井と清原は、きちんと三十度に上体を傾けて、お辞儀をした。警察官はそういう態度だけはしっかりしている。

秋山は対照的にモソッとした感じで、背中をいっそう丸くして、「どうもご苦労さまでした」と挨拶した。

4

赤平を発《た》ったのは午後二時、滝川で函館《はこだて》本線に乗り換えて、旭川まではほんの一時間足らずだ。

旭川は札幌《さっぽろ》に次いで、北海道第二の大都市である。

「長野市より大きいんじゃないのか」

吉井はやや意外な気持ちがした。秋山の湿っぽい話を聞いたせいか、北海道全体が暗いイメージになりかかっていた。

それにしても、寒い土地であった。軽井沢でさえ、そろそろ木の芽も膨らんでこようかというのに、旭川では小雪が舞っていた。街のあちこちで、道路に流れた雪溶け水が凍って、あぶなっかしい。

街を行き交う人々の顔も寒そうだ。しかし秋山のような暗さは、ここの人たちには見られない。

駅前から道立美術館までの「平和通り買い物公園」という通りは、日本でいちばん早く歩行者天国になったところなのだそうだ。いまはどうしようもなく寒いけれど、梅雨のない六月から九月頃まで、それこそ、ここは天国になるのだろう。

だが、そういう表の顔と、文字どおり表裏の関係のように、桑江が住んでいたというアパートは侘《わび》しかった。

表通りのコンビニエンスストアで、「青空荘」と言って訊くと、すぐに教えてくれたけれど、看板も何もなく、訊かなければ永久に辿りつけそうにないアパートだった。

木造・一部モルタルという形式だが、モルタルの部分が剝《は》がれて、そのままになっている。

隙間風が入るのを防ぐのか、羽目板や、ドアの脇のあたりにはビニールがむやみやたらに貼ってある。

二階建てで、部屋はいくつあるのか。まだ陽があるというのに、そのうち三つの部屋の窓に明かりが灯っていた。中は採光の具合が悪く、電灯をつけなければいられないのかもしれない。

吉井と清原は建てつけの悪いドアを、こじ開けるようにして玄関に入った。

暗く寒い空気が、魚の臭いを漂わせて澱《よど》んでいた。粗末な下駄箱があって、長靴や泥に塗《まみ》れたズック、子供の靴などが乱暴に突っ込んである。

「ごめんください」

吉井が呼んでみた。返事はない。テレビは鳴っているし、人の気配はある。吉井はさらに大きな声で呼んだ。

廊下の二つめのドアから、ヒョコッと、まだ小学校前ぐらいの子供の顔が出た。遅れて女が覗いた。たぶん子供の母親なのだろうけれど、子供が幼い割に年齢は四十歳はとっくに越えている感じだ。

「はーい、何ですか?」

投げやりな訊き方であった。

「警察の者ですが」

吉井は手帳を示した。

「警察?」

女は露骨に顔をしかめた。

「警察が何か用なの?」

「ちょっと伺いますが、こちらに桑江さんという人がいましたね?」

「桑江さん? さあ……」

「さあって、つい最近……二月末頃まではこのアパートにいたのですが」

「あら、そうなの。このごろは、人の出入りがはげしいもんで、よく分からないから。その人、男の人?」

「そうです。五十歳ぐらいの」

「ふーん、だったらあの人かしら、追分節の好きな」

「そうですそうです。じゃあ、知っているのですね?」

「その人が桑江とかいう人だっていうのなら、知ってますけど」

「この人なんですけどね」

　吉井は写真を出した。もっとも、この場合は秋山にもらったほうの写真だ。

　女は面倒臭そうに寄ってきた。子供が絡みつくのを、邪険に押し退けて、写真を明かりのほうにかざすようにした。

「ああ、この人だわね」

「そうですか、間違いありませんか」

「間違いないですよ。でも、この人、どうかしたんですか？」

「殺されました」

「ふーん……」

　女はまるっきり動じなかった。死体の写真を見た時の秋山の場合とそっくりだ。

「失礼ですが、あなたは炭鉱にいたのでしょうか？」

「あら、よく分かるわね」

　女は、今度はびっくりしたように言った。人間が殺された話より、自分の素性《すじょう》を言い当てられたことのほうがショックらしい。

「どこですか、夕張ですか」

「あちこち行ったわ。夕張には行かなかったけど、行ってればよかったわね」

「えっ？　どうしてですか？」

「夕張なら、保険、もらえたかもしれないじゃない。あのばか、どうせいなくなるのだったら、ヤマでおっ死《ち》んでくれればよかったのよ」

「ご主人、家出ですか？」

「ご主人じゃないわよ、あんなの。ガキだけ作りやがって、女と逃げちまったのよ」

　女は唾を吐きそうに言って、向こうへ行きかけた。

「あ、ちょっと待ってください。ところで、桑江さんですが、どういう人でしたか?」

「だからァ、あまりよく知らないのよね。ぜんぜん付き合いなかったし」

「誰か、訪ねて来るような人はいませんでしたか?」

「いるわけないでしょう、こんなボロアパート。ただ、いつも大きな声で、追分節を歌って、やかましいなあって思ったことがあるくらいね」

「じゃあ、引っ越しの挨拶とか、そういうのはしないわけですか」

「しないわねえ、あたしたちって、隣の人と親しくするの、懲りているから」

「どうしてですか?」

「ヤマでね、もし親しい人が死んだりすると、悲しくて……だからね、付き合わないほうがいいのよね」

吉井は言葉が出なかった。

「もういいんですか」

「あ、ここの大家さんはどこか、教えてくれませんか」

「大家なら、そこを出た先のコンビニがそうよ」

じゃあね——と後ろ向きにバイバイをして、女は部屋に入った。

「なんだ、あの店がそうだったのか」

吉井と清原は顔を見合わせて、苦笑した。どうりでアパートがすぐに分かったはずである。

ちょうど時分どきのせいか、店は買い物客で少し混んでいた。さっき道を訊いたのは、レジ係をやっている四十ぐらいの女だ。もう一人、若い女性がいるけれど、こっちは従業員らしい。

レジに人がいなくなるまで待って、吉井は近づいた。

「さっきはどうも」

「ああ、アパート、分かりました」

「分かりました。じつは、桑江さんを訪ねてきたのですが」

「桑江さんだったら、二月に引っ越しましたけど」

「そうらしいですね。で、どこへ行ったのか知りませんか」

「さあ……」

女性は胡散《うさん》臭い顔で、吉井を見た。

「警察の者ですが」

吉井は手帳を示した。女性はやや安心した表情になった。

「あの人、何かしたのですか?」

「いや、そうじゃありません。じつは、殺されたのです」

「えっ……」

さっきの女と違って、はっきり驚きを見せた。どうやら、ごくふつうの感性の持ち主らしい。そういう人に出会えて、吉井も清原もほっとした。

5

桑江が「青空荘」に入ったのは、正月の六日だそうである。

「駅前の不動産屋さんの紹介で来たんですけど、困ったなって思って」

女主人は言った。

「困ったって、どうしてですか?」

「あのアパート、ほんとは、そろそろ取り壊したいんですよね。もうどうしようもなく古いでしょう。壊して建て替えるか、ほかのことに使うか、そのつもりでいるんですけど、まだ三軒、出て行かなくて、だから、困ったんですよね。かといって、もいいかどうか、そこへまた新しい人を入れてアパートをやってる以上は、なるべく入ってもらわないと困るし、ほんと、困ったんです」

女性はしきりに「困った」を繰り返す。

「しかし、桑江さんは二月の末頃には出て行ったのでしょう」

「ええ、だから結局はよかったんですけど。でも、桑江さんには気の毒でしたねえ。だって、権利金だとか敷金だとか、そういうの、少し多すぎたし、なんだか悪くて……でも、あの人、私がそう言うと、『気にしない、気にしない』って、喜び勇んで出て行ったみたいだし、きっとよほどいいことがあったのだと思って」

「ほう、いいことがあった様子でしたか」

「だと思いますよ。東京へ行くとか言って、張り切ってましたから。長いこと運が無かったけど、おれもようやくついてきたって」

秋山も同じことを言っていた。

「いいことって、何があったのか、話しませんでしたか？」

「訊いたんですけど、笑っているだけで、教えてくれませんでしたよ。ただ、追分節やっててよかったとか、そういうことを言ってましたけどね」

「ほうっ、追分節をやっていてよかったって言ったのですか？」

吉井は緊張した声を出した。

「ええ、あの人、追分節が好きで、同好会なんかにも入っていたみたいです」

「そうらしいですね」

　また客が立て込んできた。レジにも続けて二人の客が並んだ。女主人は手を動かしながら、

「もういいでしょう、あとは分かりませんから」

と言った。

　二人の刑事は礼を言って店を出た。

「追分節をやっていてよかったか……」

　吉井は暗くなってきた空を仰いだ。

「収穫、ありましたね。桑江が東京へ行ったのは、追分節が関係しているっていうわけでしょう」

　清原は嬉しそうに言った。

「ああ、そうだな。だとしたら、追分節同好会の会員を頼って上京した可能性もあるな」

　ともかく、何もなかったところに、捜査の手掛かりらしきものが見えてきたことは間違いなかった。


「だいぶ冷えてきたな、宿に入って、警部に連絡しようや」

　吉井は駅前の方角に向かって歩きだした。灯ともしごろになって、「買い物公園」はいちだんと賑わっていた。マクドナルドの店の前には、高校生らしい若者が十人ばかり屯《たむろ》している。

　あまり高そうでないビジネスホテルを選んで泊まることにした。さすがにシーズンオフとあって、ホテルは空いていた。

　シングルを二つ取ったが、とりあえず軽井沢の捜査本部に連絡する際には、清原も吉井の部屋に付き合った。

「やあ、ご苦労さん」

　竹村警部は捜査本部にいた。

「そっちの連絡を待っていたんだ」

「すみません、遅くなって」

吉井はひととおり、赤平の秋山を訪ねた経緯から始めた。

「ふーん、奥さんに逃げられたのか」

竹村も吉井がひっかかったところに興味を抱いた。

「暴力団の男だそうです」

「その男と奥さんのことを、もう少し調べられないかな」

「ちょっと難しいと思いますが、やってみましょうか」

「そうだね……まあ、無理ならしようがないけど」

「分かりました」

それから、桑江が復讐を願っていたところでも、竹村は同じように反応した。吉井は嬉しくなった。信濃のコロンボと共通した感覚でいたということが、である。

「復讐とは、穏やかじゃないな」

竹村は言った。

「そのことと、東京へ出たことが関連していたとなると、ヤバイ話だ」

「しかし、上京する際の桑江の様子は、どちらかというと明るい感じに思えますので、復讐とは無関係ではないでしょうか」

「だといいがね」

「軽井沢へ行った際のことですが、べつに特別の話は出なかったようですが、ただ、追分節同好会の仲間に会ったということは言っていたそうです」

「なるほど」

「それでですね、旭川の桑江のアパートを出る際にも、それらしいことを言っていたというのです」

　吉井の話は旭川に移った。

　青空荘の女から、コンビニエンスストアの女主人の話までを伝えた。

「仕事の内容はどうして教えなかったのだろうか？」

　竹村は訊いた。

「その点はまったく分かりません。ただ、どうやら、桑江は追分節同好会の筋で、東京に仕事を見つけたことだけは、まず間違いないと思います」

「そうだね、よし分かった、早速、会員名簿で調べてみよう」

　竹村はそう言って、ねぎらいの言葉を述べた。

　吉井はほっとして、受話器を置いた。長旅の疲れもスーッと抜けてゆくような気がした。

6

　油屋旅館主人の小川貢は、竹村の顔を見ると「さあさあどうぞ」と愛想よく上げてくれた。

「私は不勉強で知らなかったのですが、竹村警部さんは、長野県警では有名な探偵さんなのだそうですなあ」

「ははは、私は刑事ですよ、探偵じゃありません」

「いやいや、ご謙遜でしょう、このあいだ長野市へ行ったら、県警本部のエライさんからそういう話を聞きました」

　竹村は「そんなのは嘘です」と手を振ってから、すぐに用件を切り出した。

「じつは、追分節保存会の会員のことについてお訊きしたいのですが」

「はあ、どういうことでしょう？」

「駅の近くにある『ひいらぎ』さんの前で殺されていた男の人ですね。あの人はどうやら、追分節保存会の会員になっているらしいのですね。それで、こちらの会員にそういう名前の人がいないかどうか、確かめていただきたいのですが」

「ああ、いいですよ。その人、名前はなんていうのですか？」

「桑江仲男さんという人物なのですが」

「桑江さん……おカイコの桑に江戸の江ですね？珍しい名前ですねえ。そういう人はウチの会員の中にはいなかったような気がしますが……」

小川はそれでも立ち上がりかけて、

「その桑江さん、どこの人ですか？」

「最終的には東京のようですが、もともとは北海道の人です」

「北海道ですか？」

小川は妙な顔をした。

「その人、ほんとにウチの会員だと言っていたのですか？」

「は？　どういう意味でしょうか」

「北海道に住んでいる人でうちの会員というのは、ちょっと変ですなあ」

「は？」

「北海道なら、信濃追分でなくて、江差追分のほうじゃありませんか？」

「あっ……」

竹村は思わず顔が赤くなった。

「そうですか、江差追分ですか……なるほど、そうですか、江差追分というのがありましたねえ」

「いや、あるどころか、ずいぶん盛んだそうですよ」

小川は少し残念そうに言った。

「追分節はもともと信濃追分が嚆矢《こうし》なのですがね、越後から秋田へと流れ、やがて北海道の江差に到って、大きく花開いたのです。まあ、江差は江戸から明治にかけて、ニシン漁が盛んだった関係で、大勢の人が集まったし、遊廓《ゆうかく》なんかも建ち並んだ時代がありましたからね。そこで追分が三味線に乗ってドンドン歌われたでしょうし、発達を遂げたとしても不思議はないのです。その後も保存会や同好会の活動が活発で、いまや、本家の信濃追分をはるかに越えてしまったと言ってもいいでしょう」

「はあ……盛んなのは分かるとして、しかし、どっちが盛んか、比較する方法はないのではありませんか？」

「いや、それはちゃんと、数字的に比較出来るのです。具体的にいえば、たとえば、先ほど言われた同好会の会員数なんかが比較の目安になるでしょう。江差追分会というのがありましてね、規約も組織も、じつに大掛かりだし、しっかりしたものです。信濃追分ではようやく去年から始めた、追分節コンクールも、江差では昭和三十八年からスタートして、すでに去年で二十五年続いています。私も見学に行かせてもらいましたが、参加者数も多いし、お客さんも相当なものです。十月の第二日曜でしたか、その頃に開かれるのですが、まあ、北海道はその時期は観光シーズンも下火ですから、江差や北海道にとっては、重要な観光の目玉ということも言えるわけですなあ」

さすがに江戸期から続いた油屋の主人だけあって、追分節をちゃんと観光客誘致《ゆうち》の目玉として位置づけているし、信濃追分保存会長としては、江差追分の繁盛《はんじょう》が羨《うらや》ましくて仕方がないというところらしい。

「よく分かりました。だとすると、桑江さんは江差追分会というところの会員というわけですね。じゃあ早速、そっちを調べることにしましょう」

竹村は立ち上がった。小川はびっくりした顔になった。

「いや、警部さん、そう簡単におっしゃるけれど、江差追分会というのは、北海道を中心に、支部の数だけでも、おそらく百以上あるのですよ。そう簡単に調べるってわけにはいかないと思いますが」

「ほう、そんなにあるのですか」

竹村も驚いたが、しかしそこまで組織化されているのなら、作業としてはきわめてやりやすい。

「大丈夫ですよ、警察の組織力をもってすれば、ですね」

竹村はもったいぶって、大見得《おおみえ》を切ってみせた。

7

追分の原形は馬子唄だというのが定説である。「追分」というからには、もちろん、主要道路が二つに分岐するところから、そういうのがあって、したがって「追分節」は陸《おか》の歌といっていい。

その陸の歌であるはずの追分節が、海に突き出た岬の港・江差で『江差追分』と呼ばれ、歌い継がれるようになるのだから、不思議なものである。

信濃追分は越後に流れ、そこで船頭たちが歌う「船唄」として生まれ変わる。そして、北前船に乗って江差に渡り、隆盛を極めることになるのだ。

江差はヒバの伐採《ばっさい》と積み出しが盛んだった一七〇〇年代頃から栄え、さらにニシン漁によって最盛期を迎えた。

気性の荒い船方と、それを迎えるしたたかな遊女たちのあいだで、追分節はさまざまに歌われ、時には自由奔放《ほんぽう》な力感溢《あふ》れる作業歌にもなっただろうし、時には旅情漂う哀切《あいせつ》なエレジーのようでもあっただろう。

歌詞もそれぞれが勝手気儘《きまま》に作詞し、幾通りもの歌詞群が生まれていった。

メロディーにも幾つかの派が出来て、思い思いに「何何流」「何何会」を名乗るようなことになっていったらしい。派閥間の抗争や勢力争いなども盛んで、それはある意味では江差追分の組織的発達を促したとも取れないことはない。

江差追分が統一され、歌のスタイルが確立されたのは、昭和初期といわれている。それでもなお、分派、分裂が相次ぎ、最終的には昭和三十年代の中頃、全国大会の開催にこぎつけたことによって、どうやら現在の姿に到達したといった具合だ。

たかが民謡に——と、門外漢にはばかばかしい騒ぎのようにしか思えないが、いま「江差追分会」は、全国に百二十二もの支部と四千五百人の会員を抱える一大組織なのだ。

「ニシンが獲れなくなってからこっち、追分は江差を支える重要な観光資源になっているのですよ」

江差町役場商工観光課の西川は、江差追分会館への道すがら、いくぶん甲高い声で、ポツリポツリと語った。

「西川さんご自身も追分をやっているのでしょうね？」

吉井部長刑事は訊いてみた。そのつぶれたような声は――とは、しかし言わなかった。

「ええ、私は下手くそですがね、一応、これでも五級をいただいております」

「はあ、五級とか何級とか、そういうのがあるのですか」

「そうです。江差追分の組織化を成功させた理由のひとつは、級位を設けたことにあると思いますね。それと、なんといっても全国大会ですな」

「はあ……」

全国大会は分かるとしても、級位があるというのが、吉井にはもうひとつピンとこない。

しかし、江差追分会館というのを見て、吉井は仰天した。まるで美術館を思わせるような、堂々としたたたずまいだ。資料展示室、演示室、レストラン、ホールまであって、畳敷の桟敷席は、約百畳の広さがある。ステージや緞帳《どんちょう》も立派なものだ。

そこで追分会の事務局員である佐々木という人に紹介してもらった。この佐々木がまた話好きの男で、黙っていると、江差追分の故事来歴をとうとうと喋りそうだ。

「江差追分は、単なる民謡というより、なんていうか、鎮魂歌のようなものなのです」

佐々木は言った。

「つまり、海で死んだ男たちに捧《ささ》げる、悲しみの歌でもあったりするわけですよ。『北の鎮魂歌』といえば、なおカッコいいでしょうかなあ。現に、冬の海で遭難《そうなん》した人たちのために、追分が歌われることがあります。しかしですね、最近では海よりも山で歌われることが多かったですなあ。夕張のヤマで亡くなった方のお通夜の席で、ヤマの仲間たちがオイオイ泣きながら、江差追分を歌っていたそうですよ」

「夕張ですか……」

吉井はその部分だけ、聞き耳を立てた。

「じつは、その殺された桑江さんも夕張の炭鉱にいた人なのですが」

「なるほど、そうですか、そしたら夕張支部の会員さんかもしれませんな」

佐々木はようやく書棚に向かった。そこには各支部から送られてきた会員名簿が仕舞われている。

「ああ、やっぱりありましたなあ」

「えっ、ありましたか」

二人の刑事は左右から佐々木の手元を覗き込んだ。

夕張支部は名簿によれば会員数が八十二名になっていた。その中に桑江仲男の名前があったのである。しかも上から数えて六番目のところに名前が書きこまれていた。

「ほう、かなり上手な人のようですなあ。私はお名前は知らなかったが、幹部クラスの方じゃないのですか。級位は三級になっていますよ」

佐々木は見直した——というような口振りであった。

「年齢は四十四歳ですか。えーと、これは七年前の名簿ですから、現在は五十一歳ということですかねえ。このくらいの会員が、もっとも熱心なのですよね。しかし、ずいぶん古い名簿だな……」

佐々木は首をひねった。

「ともかく、ちょっと連絡を取ってみましょうかね」

夕張支部に電話したが、通じない。支部は支部長の自宅が当てられているらしい。

「ん、番号違いでしたか」

受話器の中から「番号をお確かめになってお掛け直しください」と言っている。

「しようがないな」

佐々木は自嘲《じちょう》して、もういちど掛け直したが、また同じ結果だった。

「ほかの会員のところに電話してみたらどうでしょうか？」

吉井が提案した。

佐々木はあまり気が進まない様子だが、

「そうですな」

順に、番号をプッシュしていった。

驚いたことに、どの番号を押しても、電話から返ってくる答えはつれないものばかりであった。

二番目のが「現在使われておりません」。三番目のはすでに使用者が変わっていた。四番目がまた「現在使われて……」。

「どういうことでしょうかねえ」

佐々木は呆れて、吉井を振り返った。

「廃鉱で、誰もいなくなったのじゃないでしょうか」

吉井は申し訳なさそうに言った。

「あっ、そうか……」

佐々木はうっかりしていたことを恥じるように、暗澹《あんたん》とした顔になった。

8

驚くべきことであった。『江差追分会夕張支部』は、事実上、すでに存在しなかったのである。

「いやあ、六十年の夏頃でしたか、もう駄目だというような話を聞いた気がしますが、まさか全員がいなくなるとは思っていませんでしたねえ」

電話する先々がすべて「使われておりません」であることを知って、佐々木はついに椅子に座り込んで、ガックリと肩を落とした。

夕張支部はつまり、北炭の従業員によって構成されていたのだ。支部に名を連ねた八十二人全員かどうかはともかく、その中の半分以上は、この名簿が作られた七年前の時点では、たぶん実在していたにちがいない。

その大きな支部が壊滅《かいめつ》した。

ヤマの男たちが家路を辿りながら、真っ黒い顔に白い歯を見せて、のどかに追分を歌ったという、秋山が語ったあの風景は、もはやどこにも見られないのだろうか。

昼食は江差追分会館のレストランでご馳走してくれた。町営だそうだが、北前船の内部を思わせる造りの店だ。メニューにあるニシン料理とウニ丼は、軽井沢では逆立ちしたって食べられっこない。吉井と清原は大感激だった。

「せっかくはるばる見えたのですから、列車の時刻まで、少し江差の町を見学して行ってください」

役場の西川は気をよくしたのか、食事のあと、車でグルッと、街中を回ってくれた。

江差の町は二階建――などというそうだ。海岸に接するところから低地がしばらくつづき、やがて、駆け上がるように高台になる。その落差が五十メートルから百メートル。坂の多い街であった。

「北の海はもっと厳しいものと思っていましたが、意外に穏やかですねえ」

海岸通りを走る車から見ると、港はもちろん、港外の海にも白波が立つわけでもなく、出船入り船がすべるようにゆく様子は、まるで瀬戸内の海でも見るようだ。

「いやあ、今日は特別です」

西川は笑った。

「昨日までは季節風が吹いて時化《しけ》ていましたよ。今日の風は北東風で、日本海側は晴れる風です。それでも、こういう風が吹き始めると、そろそろ江差も春が近いというわけで。昔なら、さしずめ、ニシンがワーッと押し寄せるシーズンですね」

春告魚――ニシンが獲れなくなったのは、明治時代の中頃からだそうだ。それとともに江差追分も衰退しかけた。ところが、そのことがかえって、江差追分を作業歌から、洗練された民謡として位置づけられるための、飛躍台の役割を果たした。

「江差ではなんといっても追分、そしてかもめ島です」

西川は港の先端に横たわる平たく細長い島を指差した。上から見ると、ちょうどカモメが羽を広げたような恰好をしているという。天然の防波堤《ぼうはてい》として、冬の季節風と荒波から江差港を守ってくれる。

「おそらく、波に追われた北前船が、あの島陰に逃げ込んだのが、この港の始まりだったのでしょう。あの島が無ければ、江差そのものが存在しなかったわけで、いわば江差の象徴といってもいいのです」

はじめ、信濃から越後へと伝わった追分節が、日本海を行き交う船人たちによって運ばれ、この江差の地に根づいた。

その追分節をこよなく愛した男が、信濃追分の発祥《はっしょう》の地を訪れ、そこで死んだ。

そのこと自体には何の脈絡もないにちがいない。

しかし、信濃追分宿から北国街道で越後へ、さらに越後から海路、江差へ、そして夕張——東京——軽井沢、と結んでゆくと、その時空を超えた連環に、何か人智の及ばない因縁が潜んでいるようにさえ思えてくるのだった。

「江差の夏はいいですよ。祭りも賑やかだし魚が美味い。今度はぜひ、仕事でなしにお越しいただきたいものですなあ」

西川は江差駅まで送ってきて、なごり惜しそうに言った。文字どおり「春は名のみ」の北の町の人は、南へ還る人を送るのが辛いのかもしれない。

「この八十二名の中の誰かが、桑江の言っていた『追分節の仲間』なのでしょうか」

函館へ向かう列車の中で、コピーしてきた「夕張支部」の名簿を見ながら、清原は言った。

「そうなのだろうなあ」

答えた吉井も、訊いた清原も浮かない顔であった。

名簿に名前だけを残して消えてしまった八十二名が、ほんとうに、この世の中から消えてしまったのではないか——というばかげた危惧《きぐ》を、二人ともひそかに感じはじめていた。

ひょっとすると、その中の何人かは、ガス爆発事故で死亡していることだって、考えられる。

「とにかく、とりあえずおれたちがやることは、その八十二名の行く先を調べることっきゃないっていうわけだ」

吉井は清原に対してというより、自分に対して言い聞かせるように言った。

第五章　人形の家

1

　函館で一泊して、吉井、清原両刑事は、朝八時過ぎの『北斗5号』に乗った。十一時四十分に千歳空港駅着、そこから十二時ちょうど発の石勝《せきしょう》線に乗り換える。

　この辺りは寒い北海道の中でも、とくに気温が低いのか、車窓から見える風景のところどころに、かなりの量の雪が残っている。

　千歳空港駅を出て最初の駅名が「追分」であった。

「まったく、追分っていう地名はいたるところにあるのですねえ」

　清原がくたびれたような声で言った。

「追分というと江戸時代に道が二股に分かれているところを言ったわけだが。だとすると、ここにも街道があったのかな?」

　吉井は首をひねった。

　じつはここの「追分」は道路ではなく、鉄道の分岐《ぶんき》点に名付けられたものである。

　明治二十五年、北海道炭鉱鉄道夕張支線（現在の石勝線）が、同室蘭《むろらん》線（同室蘭本線）から分岐する起点を、「追分」としたのが、そのまま現在まで駅名として使われており、駅周辺の町の名にもなっている。

　文明開化が進み、近代化、工業化への新天地を目指した北海道でも、人々は「追分」という古くからの呼び名にこだわったというあたりに、遠く蝦夷《えぞ》地《ち》まで来た人たちの望郷の想いが感じ取れる。

かつては交通の要衝として栄えたであろう追分の町も駅も、列車から見るかぎりちっぽけで貧しげである。吉井も清原も、そのことに特別な感想もなかった。ただ、「追分」という駅名が、軽井沢の「信濃追分」を思い出させて、信州生まれ信州育ちの二人は、少しばかり郷愁《きょうしゅう》をそそられた。

石勝線を新夕張で下車。列車だと、ここから夕張線に乗り換えて北へ向かうのだが、二人はバスに乗った。

道路も鉄道も、夕張川の支流・志幌加別《しほろかべつ》川に沿って登ってゆく。途中、駅ごとに街や集落が散らばっていて、夕張線の終点「夕張」付近にもっとも街らしい街が現れた。そこが夕張市の中心街であった。


夕張駅周辺には、市役所や警察署、それに市営住宅なども建ち並んでいる。しかし、ここも住む人は疎《まば》らのようだ。

二人は夕張署に寄って挨拶をし、案内を頼んだ。夕張署も人員が縮小され、閑散としていたが、はるか長野県から訪れた刑事に、きわめて好意的で、すぐに案内の警察官とパトカーを出してくれた。

「細川隆といいます」

三十代なかばぐらいの巡査長は、パトカーに乗る前に自己紹介した。

「歌手の名前と同じですが、何も関係はありません」

鈍重な口調で、真面目くさって言う。細川は夕張で生まれ育ち、高校を出てすぐに警察に入り、二年前にここの勤務になって戻ってきたのだそうだ。ハンドルを操作しながら、地元のことをよく喋った。

赤平《あかびら》にいる秋山と殺された桑江が住んでいた「南部」という地域は、警察から少し南に下ったところから東へ、夕張川の本流を谷沿いに入った、「南大夕張鉱」の一帯に展開する住宅団地群の総称である。

南部青葉町、南部東町、南部大宮町、南部新光町、南部北夕町、南部若美町……といった具合に「南部」を冠した町名は十二ある。

しかし、それらの町のすべてに極端な過疎《かそ》が進行中だということだ。

パトカーを降りて夕張の炭住地帯を見渡すと、想像街の様子はたしかに閑散としているけれど、想像していたほど、悲劇的ではなかった。古く、人も住まなくなった住宅を取り壊し、べつの施設を建設する予定になっているらしい。


案内の細川の話によると、「夕張」という地名のいわれは、アイヌ語の「ユーパロ（温泉口の意）」または「ユーバリ（硫黄臭があるの意）」からきているのだそうだ。夕張川の上流には温泉があり、大雨の際には川の水が白く濁ったことなどから、この地名がついたものと考えられるという。

明治二十一年、夕張川支流の志幌加別川の中で良質な石炭層の露頭が発見された。以来、夕張は石炭の町として急速な発展を遂げる。

今世紀前半の北海道の歴史は、炭鉱と切っても切れない関係にあったといってもいいだろう。道路も鉄道も港も、石炭輸送を中心に整備され、その要所要所に町が開けた。北海道開発の原動力はまさに石炭採掘事業にあったのである。

しかし、夕張の歴史には、必ずしも明るい話題ばかりがあったわけではない。夕張につづく道を、かつては「囚人道路」と呼んだことからも分かるように、この道は懲役刑の男たちが、原生林の伐採や未開地の開墾など、苛酷な労務に向かった、文字通りの苦難への道でもあったのだ。

夕張の炭鉱には、日本の産業を担った輝かしい歴史より、むし大正十年の大争議や戦時中の朝鮮人の強制労働など、暗く陰鬱《いんうつ》な出来事のほうが記憶に残る。昭和二十年だけをとってみても、中国、朝鮮から強制的に連行された労働者の死亡者数は、真谷地《まやち》鉱で六十名、大夕張鉱で百七十五名に達している。いずれも苛酷な労働とリンチによって死亡したものだ。現職の大臣が「あの戦争は侵略ではなかった」などと広言してはばからないけれど、これが「侵し」「略取した」結果であることは、どのように詭弁《きべん》を弄《ろう》したところで、否定できない。

夕張鉱の悲劇の象徴的なものは、なんといっても度重なる爆発・落盤《らくばん》事故である。その主なるものを拾っただけでも、明治四十四年に新夕張で九十三名、同四十五年に夕張で二百六十九名、大正元年二百十六名、同九年二百十二名といったように、ごく短期間のあいだに多くの人命を失う大事故が発生していた。

戦後、敗戦日本の復興に石炭産業が重要な役割を果たした。

昭和二十年代から三十年代初め当時の日本を支えたのは、あの懐かしい蒸気機関車とそれを走らせた石炭だったのである。

昭和三十四年、夕張市の人口は十一万六千人を超えた。学童の数だけでも二万七千人という力強い繁栄ぶりであった。

昭和六十三年四月現在、夕張市の人口はわずか二万六千余。かつての学童数にも及ばない。三十年間になんと九万人、人口の七十数パーセントが流失したことになる。

夕張で現在もなお、採掘が続けられている炭鉱はたった一つ。南大夕張鉱だけである。それも主力坑は六十年の爆発で坑道を閉じたまま。ほかでも、深坑《しんこう》での採炭は止めて、下請け作業員の解雇が進行しているような状態だ。

「しかし、人口の過疎傾向はようやくストップしつつあります」

細川は少し気張って言った。

「なにしろ、現市長が観光立市に意欲的でしてね。石炭の歴史村だとかロボット館、それに夢工場なんていうのも出来て、観光資源も豊富になりました」

松下興産という会社のテコ入れで、今年のゴールデンウィークだけでも、十万人近い観光客を見込んでいるのだそうだ。そういうことを嬉しそうに話す。観光資源ということなら、県内どこを見ても観光資源そのもののような長野県の人間は、彼らの必死の想いに直面すると、圧倒されるより先に、戸惑ってしまう。

秋山と桑江が住んでいた炭住街からは、住民のほぼ三分の二が消えていた。それでも小さな商店街の一角などに、チマチマとまとまって、人の住む家がある。子供の姿も見掛けられ、ほっとする。

江差追分節同好会メンバーの、末席のほうに名を連ねた北本という人物が、その街で食料品や雑貨を商う店をやっていた。

「ああ、桑江さんならよく知ってますよ。秋山さんも知ってます。二人ともよく酒を飲むし、気持ちいい人でしたが、いまどこでどうしておりますかなあ」

制服、私服の三人の警察官の訪問を受け、警察手帳を示されると、北本は最初、迷惑そうな顔をしていた。しかし、吉井の口から桑江、秋山の名が出たとたん、気を許したように、白髪の多い頭を振り振りそう言った。

「桑江さんは亡くなりました」

吉井が言うと、

「そうでしたか」

と悲しそうに顔をゆがめたが、思ったほど驚きはしなかった。やはり、ここの人々の死に対する受け止め方には、軍隊におけるような峻烈《しゅんれつ》なものがあるのかもしれない。

店先で話していると、近所の子供たちが珍しそうに寄ってくる。パトカーや制服巡査、それに見掛けない二人の男をジロジロ眺めている。

「なんだか、ギブミーチョコレートとでも言いそうな雰囲気ですなあ」

吉井が子供たちを見て、言った。若い清原や細川には何のことか分からないが、吉井には進駐軍のジープを追い掛けて、そう叫んだ記憶がある。それは北本も同じだったのだろう。まったく——というように苦笑した。

2

「あれ?……」と、まず清原が気づいた。

子供たちのいちばん前にいる女の子の手に、奇妙に痩《や》せた人形が抱かれている。

「あれ、魔女の人形じゃないですか」

清原は女の子の人形を指さしながら、吉井に言った。

「ん?　なるほど、魔女みたいだね」

吉井も頷いた。とぼけた三角帽子をかぶり、ホウキを持った、カギ鼻の老婆は、軽井沢の『ひいらぎ』で見たのとそっくりの魔女の人形であった。

「いまどきの子供たちには、こういうのが流行なんですかねえ」

清原は自分もオジンの仲間に入ってしまったのか――というような感慨を込めて、言った。

「ちょっとお嬢ちゃん、そのお人形、見せてくれないかな」

清原が手を伸ばして近づくと、女の子はびっくりしたように、ほかの男の子の背後に隠れた。

清原は「ははは、嫌われたか」と照れ笑いをして、諦めた。

「この辺りでも、ああいう人形が流行っているのですか」

吉井は北本に訊いた。

「ああ、あれはこの先の店で、ひと頃、作って売っていたことがあった人形ですよ。アキちゃん、ちょっと見せてごらん」

北本は子供の群の中に隠れている女の子に、優しい声で呼びかけた。いかにも子供好きのおじさんという感じだ。アキちゃんはオズオズと前に出て、北本の手に魔女人形を渡した。

布製で一部に皮が使われているところなど、『ひいらぎ』の人形とそっくりだ。

「ほんとによく似ているなあ」

清原は感心した。

「まあ、魔女なんてものは、大抵、こういう恰好をしているものと決まっているのだろうけどね」

吉井も言いながら、しかしよく似ているものだ――と思って、北本に訊いた。

「作って売っていたというと、つまり自家製の品を売っているのですか」

「その人形は、ですな。ほかの玩具《おもちゃ》やら小物類なんかは仕入れていたようだが」

「いくらぐらいするのですか？」

『ひいらぎ』の人形はベラボウに高かった。吉井はもし安かったら、娘への土産に買って帰ろうかと考えて、北本に訊いた。

「さあ、いくらぐらいだったかなあ。大して高くはないと思いましたよ。そこの店の二階に下宿していた女の人が、子供相手の内職みたいにして作っていた品ですからね」

「その店に行けば、まだああいう人形を売っているのでしょうか？」

「いや、そこの店はとっくにここを出て行って、いまは空き家になっています。この辺りにはお客さん……ことに子供さんがまるっきりいなくなっちまいましたからねえ。ウチあたりでもさっぱり商売にならなくなりました」

「そうですか……」

吉井はちょっとばかり落胆した。

「行く先は分かりませんか？」

「さあ、分かりませんねえ。市役所にでも行けば分かるかもしれないが……それもたしかではないかな？　なにしろ、廃鉱騒ぎで、ここの人たちはちりぢりばらばらみたいなことになってしまったもんで」

「それじゃ、追分節同好会の人たちも、その後の行く先は分かりにくいのでしょうか」

「追分節同好会のメンバーなら、何人かは分かりますよ。年賀状をくれる人が五、六人いますから」

北本は奥へ行って、年賀状の束を持ってきた。

百五、六十枚はあるだろうか。その中から六枚の葉書を選び出し、そこから一枚を除《の》け、押し戴《いただ》くようにした。

「これは桑江さんのです」

桑江の住所は旭川になっている。その年賀状を出して、わずか二カ月ほどで桑江は殺されたのである。

「人間の運命なんてものは、分からないもんですなあ」

北本は溜め息混じりに言った。

清原は残りの五通の葉書の住所氏名をメモっている。住所は札幌が二名、函館が一名、小樽が一名、青森県が一名であった。

「東京というのはありませんねえ」

清原はがっかりした口調になった。

「これ以外の中にいるのだろう」

吉井は若い刑事を慰めるように言った。名簿にはまだそれ以外に七十名あまりが記載されている。それを北本に見せた。

「ああ、これはだいぶ前のヤツですね」

北本は懐かしそうに一人一人の名前を指で辿るようにして、眺めている。

「そうです。七年前の名簿です」

「じゃあ、まだ会が盛んだった頃です……ええと、この人は亡くなりました。この人もこの人も……」

「亡くなったというと、病気ですか？　それとも……」

「この人とこの人は病気です。あとの、ええと……一、二……六人は爆発事故の犠牲になりました」

「そんなにですか」

吉井と清原は顔を見合わせた。桑江が「復讐を……」と言っていた心情が分かるような気がしてきた。それと同時に、秋山の「仕方がない」という述懐も理解できた。

「そうすると、八十二名のうち、残りは七十名ぐらいですか」

「いや、私が知っているだけのことをお話ししたのだから、ほかにも何人か亡くなった方がおられるかもしれませんよ。ここからよそのヤマに移った人の消息はほとんど分かりませんし」

「そうですか……」

吉井は暗澹《あんたん》として、しばらくは声も出なかった。

ともかく市役所へ行こうということで、ふたたびパトカーに乗った。子供たちは六人が固まって、いつまでもパトカーを見送っていた。

3

軽井沢署の捜査本部は停滞《ていたい》していた。このところ目立った情報もない。近隣の警察署から来ていた応援もすべて引き上げ、残るは竹村警部以下の県警捜査一課組と軽井沢署の刑事だけである。

「このまま推移すると、早晩、課長から引き上げ命令が出そうだ」

宿舎から本部へ向かう車の中で、竹村は木下刑事にボヤいた。

その時、無線連絡が入った。

——竹村警部、有線で本庁のほうに至急連絡願います——と言っている。

「分かった、署のすぐ近くに来ているから、そっちへ行ってから電話する」

無線を切ってから、なかば呟くように「まさか課長じゃないだろうな」と冗談で言ったが、いやな予感がした。

捜査本部に入ってから電話すると、案の定、捜査一課長の宮崎の呼び出しだった。

「そっちはどうなってる?」

言うことは決まっている。

「まずまずです」

「まずまずとは、進展が見られないということかね」

「現在、吉井君が北海道に飛んでいますので、その成果を待って捜査を進めようとしているところです」

竹村は受話器に向けて唇を尖《とが》らせて、言った。もうひと言、何かいやみが出るかと思ったが、案に相違して、課長はあっさり「そうか、ご苦労だね」と言った。

「けさ、御代田《みよた》で殺しがあった」

いやみの代わりにそう言った。

「ちょっと行ってみてくれないか」

「どういう事件ですか?」

「被害者は大工だそうだ。たぶん暴力団がらみの殺しだろうということだ」

御代田町は軽井沢の隣町である。JR信越本線の駅でゆくと、軽井沢、中軽井沢、信濃追分、その次が「御代田」である。

国道18号線を下って行くと、追分を過ぎてまもなく、けばけばしいモーテルの看板や建物がいくつも現れる。軽井沢は条例で風俗営業を規制しているために、隣の御代田町にそういうものが林立する。町民の中には苦々しく思っている者も多いそうだ。

軽井沢にはいない暴力団も、御代田には出没する。当然、そういうウラミで起こる犯罪も少なくないらしい。

「御代田は佐久《さく》署の管内でしたね」

竹村は言った。

「ああ、そうだ」

「でしたら、そっちに任せておけばいいと思いますが」

「そりゃそうだ。そりゃそうだがね、きみも暇そうだし、ちょっとぐらい覗《のぞ》いてくれてもいいんじゃないか」

「暇じゃありませんよ」

「しかし、北海道の報告待ちだって言ったじゃないか」

「いや、なにも帰ってくるのを待っているわけじゃないです。電話でリアルタイムに連絡が入りますからね」

「ふーん、近頃はきみも横文字を使うようになったのか」

課長は憮然《ぶぜん》として言った。

「いいよ、分かった、忙しいきみに頼もうと思った私が悪かったよ」

駄々っ子のようなことを言って、乱暴に電話を切った。

（まずかったかな――）と竹村は思った。

宮崎課長は、捜査員にきびしいことを押しつけるようだが、本質的には気のいい人間である。もっとも、そう見せておいて、なかなか狡猾《こうかつ》なところもあるので、油断がならないのだが……。

「北海道から連絡はないか」

デスクに訊いた。

「今日は目下のところ、ありません」

「そうか」

竹村はちょっと考えて、佐久警察署に電話を入れた。佐久署の倉島刑事課長はかつて県警で同じフロアにいたことがある。

「やあガンさん、しばらくだな」

倉島は懐かしそうに言った。「ガンさん」というのは、竹村岩男の「岩」をもじった単純な愛称である。

「そうか、じゃあ県警からはガンさんが来てくれるのか」

「いや、そういうわけじゃないんだけど、課長が応援に行けたら行けと言っているものだからね」

「だったら来てよ。現在のところ、小諸《こもろ》と丸子《まるこ》から応援が来て、聞き込みを始めようとしている。軽井沢は事件を抱えていて、無理らしい」

「その軽井沢に来ているもんでね」

「あ、そうなのか。なんだ、それじゃ来てくれてもいいじゃないか。どうせそっちはじきに片づくのだろ？　竹村名探偵をもってすればさ」

「だめだめ、ぜんぜん進展しない。厄介な事件みたいなんだ」

「ふーん、そうか……しかし、こっちのはマル暴関係のヤマらしいから、すぐ片づくと思うな。だから来てくれよ。近いんだしさ」

なんだか、マージャンのメンバーか、引っ越しの手伝いを呼ぶみたいな、気軽そうな口調で言っている。

それじゃ、あとで様子を見に行くかもしれない――と曖昧《あいまい》に言って、竹村は電話を切った。

暴力団関係の殺しは、竹村のもっとも苦手とするところだ。連中のやることは、ゴツいだけで、いきなり来て「ブスッ」とやるような、文字どおり「短刀直入」な手口が多い。そういう事件には推理もへったくれも必要がない。

とはいうものの、課長に言われ、佐久署の刑事課長にも頼りにされ、しかも本家本元の事件のほうにさっぱり進展がないという状態では、このまま知らん顔をしてしまうわけにもいかない。

夕方にでも顔を出してみようか――と思っているところに、東京の岡部から電話が入った。

「お七の墓で殺された男ですが、身元が割れました」

岡部は明るい声で言った。

「警視庁の資料センターに指紋が登録されていたのです。被害者は安原耕三・四十四歳。本籍地は北海道勇払《ゆうふつ》郡追分町……」

「追分ですって?」

竹村は驚いた。

「ははは、やっぱりびっくりしたでしょう」

岡部は嬉しそうに笑った。

「ええ、驚きました。北海道にも追分というところがあるのですか」

「あるのですねえ。資料によると、人口は四千三百人ばかりの小さな町のようです」

「いったい、その男は何者ですか。指紋が登録されていたということは、マエがあるのでしょうね?」

「ええ、五年前に傷害事件を起こしているのです。といっても、大した怪我《けが》ではなく、まあ、喧嘩《けんか》両成敗みたいなことで、執行猶予のついた判決が出たそうですが」

「住所はどこですか?」

「現在は住所不定ですが、事件当時は夕張市に住んでいました。そこの炭鉱で働いていたのですね」

「夕張？……」

また竹村は驚かされた。

「ええ、夕張です。ただ、事件後すぐにそこを出て、二年ばかり札幌にいたあと、本州へ渡ったのを最後に、以来、消息不明になっているのだそうですが」

「驚きましたねえ、夕張には、いまウチの刑事が行っているところですよ」

「ほう、そうですか。それはちょうどよかった。たったいま、北海道警のほうに調査を依頼したところですが、そういうことでしたら、ついでに夕張署に寄って、事情を聞いてきてもらえませんかねえ」

「ああ、それは大丈夫ですよ。おそらく、今頃は夕張署に行っているでしょう。すぐに連絡してみますから」

夕張署に連絡すると、折よく、吉井と清原が戻ってきたところだった。

「えっ、ほんとですか？」

吉井も驚いた。

「さっき列車で通ってきて、清原君と、ここにも追分があるんだなって話していたところでした。こう追分づくしだと、何か関係があるのでしょうか？」

「さあねえ、そこまでは分からないが、とにかく、本籍地へ行けば、何か出てくるかもしれない。東京の事件だけでなく、こっちの事件に関係している可能性もあると思って、鋭意《えいい》調べてみてくれ」

「了解しました、これから早速、現地に向かいます」

「うん、そうしてください。で、夕張では何か収穫はあった?」

「いや、まだめぼしいものはありません。とにかく、被害者の桑江氏が住んでいたところは、現在はまったくさびれてしまっていて、手掛かりになるような相手を捜すのに苦労しそうです」

「そうか……ま、根気よくやってみるしかないだろうね」

「はあ、そう思います」

では——と電話を切りかけて、吉井は「あ、そうそう」と言った。

「ここで面白い物を見ました。例の『ひいらぎ』っていう店にあった魔女の人形ですが、あれとそっくりの人形がありましてね。あそこではずいぶん高かったですが、こっちでは子供がおもちゃみたいにして、遊んでいるのです」

「ふーん、しかし、物が違うんじゃないのかな」

「いや、そうでもないみたいです。同じように皮を使っているし、ちゃんとしたものですよ。それで安ければ買って帰ろうかと思ったのですが」

「ああ、そうだねえ、もし、安かったら、私にも買ってきてくれないか」

「奥さんにプレゼントしたい——と思うでしょう。私もそう思ったのですが、残念ながらだめでした。とっくに店がつぶれちゃったのだそうです」

「なんだ、それを早く言ってよ」

竹村は邪険《じゃけん》に受話器を置いた。

4

御代田の事件は乱暴な殺しだった。殺されたのは小西という二十九歳の大工。前の晩、駅近くのスナックでしたたかに飲んでいたところまでは、店のママと客二人が見ているのだが、店を出てから先の行動については誰も知らない。

けさになって、湯川という谷川の崖下に死体が転がっているのを、通りがかりの地元の人間が発見した。

死因は頭部を鈍器《どんき》状のもので殴打《おうだ》したことによる、頭蓋骨折《ずがいこっせつ》および脳挫傷《のうざしょう》。メッタ打ちといってもいいような荒っぽさであった。死亡推定時刻は昨夜の十二時過ぎから未明の二時頃にかけてではないか——とみられる。

日頃から暴力団の連中と付き合いがあったそうだから、何かその関係のトラブルに巻き込まれたのではないかというのが、近所での評判であった。

暴力団といっても、このあたりでは大物は少ない。上田や佐久に組を構えている連中の下っ端が、ちっぽけな利権を求めてやってくる程度だ。むしろ別荘開発が進む軽井沢においしい話があるのだが、皇族や政財界の大物の別荘が林立する軽井沢には、昔から、暴力団が近寄れない、いわば聖域のような不文律がある。

警察はマル暴関係に的を絞って、聞き込み捜査を始めたのだが、当初、予想したほどの成果が上がらなかった。目撃者もまったく現れないのである。

もっとも、御代田町は夜が早い。春の訪れが遅い土地で、夜はまだ氷が張りそうな寒さだから、出歩く者がいない。そうでなくても、年間を通じて店は早く閉まるし、住民たちも早寝早起きが習慣になっている。

なんとか頑張っているのはモーテルくらいなものだが、小西が飲んでいたスナックのある駅前付近にはモーテル類はない。つまりは人気《ひとけ》のない田舎街を歩いていて、何かのトラブルに巻き込まれた——というのが、事件のストーリーらしい。

「ガンさんに来てもらえれば、助かるのだがねえ」

佐久署の倉島刑事課長は、全員が出払ってガランとした刑事課の部屋で、自らお茶を酌《く》みながら言った。

「マル暴の事件は、単純なだけに、いったんこじれると、なかなか終わらないよ」

竹村は言った。

「ああ、そう思ってね、初動捜査だけはしっかりやるように指示してあるのだが、これまでの様子から言うと、いやな予感が的中しそうだね。はじめは捜査本部もいらないくらいに高をくくっていたのだが、それどころじゃなくなってきそうだ」

朝から展開している現場の捜索には、鑑識《かんしき》を含め、隣接署からの応援を受けて、約百名の捜査員が出動したそうだ。しかし遺留物は無く、聞き込み捜査も依然《いぜん》収穫がないという。

「あとは、片っ端から組関係の連中をはたくしかないな」

二人の警部は、さっぱり意気が上がらない顔を突き合わせて、年寄りのように茶を啜った。

竹村は帰路、信濃追分駅近くの『ひいらぎ』に寄ってみた。

「あら、警部さん」

どうせ歓迎されないだろうな——と思いながら、おそるおそる、ドアを開け、顔を覗かせたが、丸岡一枝は陽気な声で迎えてくれた。

「しばらく刑事さんが見えないので、どうなったのかしらと思っていました。犯人は捕まったのですか?」

「いや、残念ながら、まだです」

竹村は頭を掻いた。

「そうなんですか。このあいだ、東京の父から電話があって、妙な……いえ、これは父が言ったことだから気にしないでください。妙な刑事が二人来たが、モサッとした割りにはなかなか優秀そうな男だったって、そう言ってました」

「はあ、モサッとしているというところだけは当たっていますね」

竹村は苦笑した。

「これは言わないつもりでしたが、その時、お父さんは、あなたに早く帰って来るように伝えてくれとおっしゃっていました」

「いいんですよ、そんなの」

一枝は笑った。

「しかし、お父さんは寂しそうでしたよ。こういう事件があって、心配しておられるのじゃないかな」

「少し心配させたほうがいいんです。いままで、世の中はすべて、自分中心に動いていると思っていたひとなんですから」

たしかに一枝の言ったとおりの人物だ――と竹村はおかしかった。

「今日は何か?」

一枝は気がついて、訊いた。

「あ、いや、べつに特に何っていうことはないのですが、その後、お宅に変わりはないかと思って寄っただけです。そうそう、この魔女の人形ですが」

竹村は壁に下がっている人形たちを指差して言った。

「こういった人形は、やはり東京で仕入れるのですか？」

「ほかの物はそうですけど、魔女人形は違います。軽井沢に人形作家がいるんです」

「ほう、そうなのですか」

「それが何か？」

竹村の意外そうな表情が気になったのか、丸岡一枝は覗き込むようにして、訊いた。

「これと同じような魔女人形を、うちの吉井君が北海道の夕張っていう炭鉱町で見たというものですからね。あちこちで作って売っているのかと思って」

「あら、これは彼女のオリジナルですよ。ほとんどウチだけで売っているはずですけど……」

一枝はケチをつけられたと思ったのか、不満そうに頬を脹《ふく》らませた。そういう拗《す》ねたような顔をすると、まだ稚《おさな》さを感じさせる女性であった。

「あ、そうでしたか。だったら吉井君の見間違えでしょう。なにしろ審美眼《しんびがん》のないロートルですからね。それに、向こうで見た人形は子供が玩具にしていたそうだから、こんな高級なものじゃないのでしょう」

「あら、ウチの人形は高いですか？」

「いや、高いかどうかは知りませんが、われわれ風情には手が出ませんよ」

「そんなことありませんよ。奥様にお土産になさったら、きっと喜びますよ」

「そりゃそうでしょうがねえ」

竹村はあらためてプライスカードを見たが、やはりどう考えても竹村の価値意識からいうと、ヒト桁高い。

「この人形を作っている人は、たしか女性でしたよね？」

「ええ、谷田恵美さんていう人です。私と同じように、軽井沢に独りで来て、独りで住んでいるんです」

「ほう、最近はそういう女性が多いのですかねえ」

「さあどうかしら。でも、自立して生きていければ、亭主だとか子供だとかいうのは、面倒臭いばかりでしょう。ほら、亭主元気で留守がいいって言うじゃないですか」

一枝はまるで魔女のような目をした。

「はあ、そういうものですか……」

竹村は多少、一枝の毒気に当たったような気分がした。彼女の言うとおりだとすると、陽子も「亭主元気で留守」な状態を謳歌《おうか》しているのだろうか。

なんだか里心《さとごころ》がついてきた。

「また何かありましたら、警察のほうに連絡してください」

言い残して店を出かけて、竹村はふと思いついた。

「そうそう、ちょっとお訊きしますが、その谷田さんですが、軽井沢に来る前はどこに住んでいたのですか?」

「さあ……どこかしら? そう言われてみると、私も知らないんですよね。てっきり東京だと思っていたんですけど……言葉も標準語だし……でも確かめたわけじゃないので、よく分かりません」

「まさか北海道じゃないでしょうなあ」

「北海道? まさか……と思いますけど、でも、北海道なら言葉もほとんど標準語ですよね……あの、北海道だとどういうことなんですか?」

「いや、さっき言った吉井君が人形をみつけたのが、夕張だったもんで」

「ああ、そうでした」

言って、一枝は眉をひそめた。

「じゃあ、警部さんはまだその人形がこれと同じだっておっしゃりたいんですか？」

「いや、そういうわけじゃありませんよ。それじゃどうも……」

また険悪なことになりそうなので、竹村は慌てて店を出た。

どうでもいいことのように思って、何気なく訊いてみただけだったのだが、車が走りだして、考えを集中させているうちに、竹村は妙にそのことが気になった。

「おい。ちょっと役場に寄ってくれ」

木下に命じた。

役場の住民課で「谷田恵美さんの前の住所を」と訊くと、すぐに調べてくれた。

――東京都台東《たいとう》区上野七丁目一番地――

本籍地も同じであった。

（やっぱり東京だったのか――）

竹村は気が抜けた。しかし、念のため――と思って、軽井沢署に戻ると東京の岡部に電話してみた。

「台東区上野七丁目一番地ですね、すぐ調べましょう」

岡部は気軽に言った。そして、それからものの三十分後に、折り返して電話が入った。

「竹村さん、驚きましたよ」

いつも冷静な岡部らしくなく、ひどく急《せ》き込んだ口調だ。

「その谷田恵美という人物ですがね、台東区に住む前は北海道の夕張にいたのですよ。本籍地も同じで、四年前に夕張から台東区に転籍していました」

「また夕張ですか……」

かすかな予感があったとはいえ、これには竹村も度胆《どぎも》を抜かれた。

「しかもですね、もっと驚くべきことは、谷田恵美の台東区の住所・上野七丁目一番地というのは、なんと、ほとんどが上野駅そのものなのですよ」

「ほんとですか？　どういうことだろう？」

「おそらく、上京してその近くの旅館かホテルに滞在していたのでしょうね。そしてそこに本籍地を移した。それからしばらくどこかに住んでいて、軽井沢のほうに転居したのではないでしょうか」

「しかし、またなんだってそんなところに転籍したりしたのですかねえ？」

「どこかに就職するとか、失業保険を申請するとか、そういうことのためじゃないでしょうか」

「軽井沢で住むにあたって、夕張にいたことを知られたくなかった——というような理由はありませんかね？」

「ほう……で、その目的は？」

岡部に訊かれて、竹村は返答に窮した。

「よく分かりませんが、夕張でつらいことがあったとか。炭鉱離職者だと思われたくなかったとか、そういう理由は考えられると思いますが」

「ふーん……」

岡部は深刻そうに唸《うな》った。

「竹村さんは心優しき人のようですねえ。そういう人の痛みが分かるのですねえ。私など、そういうことにちっとも気がつきませんでした」

「いや、そんなふうに言われると恥ずかしいですよ。要するに貧乏人根性が抜けないというだけのことです」

　竹村は見えもしない岡部に向かって、手を横に振ってみせた。

5

　勇払郡追分町は、鉄道とともに栄え、鉄道とともに衰退した町である。昭和三十年代なかばには、町の人口は七千三百、そのうち三十三パーセントが追分機関区に関係する人々によって占められていた。

　その当時は、主として夕張炭鉱から室蘭への石炭積み出しが鉄道の任務であった。

　石炭産業への依存度が、ほとんどゼロに近い激減ぶりを示している現在、追分町はメロン、アスパラガスなどの農産物の生産で成り立っているといっていい。比較的近くに、札幌という大消費地を控え、この付近の生鮮野菜は売れ行きも順調だという。

「なんだか、軽井沢みたいな町だな」

　駅を出た第一印象を、吉井は清原にそう言った。

「軽井沢のほうがずっと賑やかですよ」

　軽井沢生まれの清原はムキになって抗弁した。

　駅を中心に住宅街は形成されているのだが、やはりここも過疎が進んで、道路を歩いてみても、どことなく活気のなさが感じられた。

　安原耕三の本籍地・追分町青葉一丁目は、「西公営住宅」と呼ばれる団地があるところだった。しかし該当する番地には、すでに安原という家はなかった。

役場の記録によると、安原耕三は十八年前に福岡県田川《たがわ》市から単身、移り住んだ。まもなくこの地で結婚し、三年間住んだ後、夕張市に転出している。

しかし、夕張市役所の戸籍には、七年前の時点で、すでに妻の名は抹消されていた。協議離婚である。子供もなかったらしい。

一方、転入前の住所である田川市に依頼して調べてもらったところ、安原の両親はすでに死亡していて、安原はいわば天涯孤独の身の上だった。

安原がどのような人生を歩んでいたにしろ、最後の最後まで、あまり恵まれたものでなかったことだけはたしかなようだ。

夕張でも追分でも、安原のその後の消息を知る者はまったくいなかった。夕張ではまだしも、安原を知る人が何人かいたが、追分町では「安原」の名を聞いて思い出す者すら、ただの一人もいなかった。

団地の前に、いかにも古そうな、傾きかかったような雑貨屋があった。ここなら昔のことを知っているかもしれない――と、二人の刑事は店に入った。

薄暗い中に、スパイクタイヤの粉塵《ふんじん》を浴びた商品と同じように、煤《すす》けた顔の老人がつくねんと座っていた。

老人は戦後まもなくから三十数年間、ここで店をやっているけれど、安原家のことは記憶にないと言った。

「十年前ぐらいまでは結構、長く住んでいる人もいたが、それから後はどんどん出て行く人ばっかしで、国鉄が引っ繰り返ると、もう目茶苦茶です」

「そんなに人の移り変わりが激しい土地なのですか？」

　吉井が訊いた。

「ああそうですなあ。農家だとか、ウチのような商売のところはべつだが、それ以外の人たちは、慌ただしくて、まるで旅人みたいなもんです」

　老人は詩人のようなことを言った。

「昔の人間から聞いた話だが、追分という町は、内地から渡った者が室蘭本線に乗ってやってきて、さてどっちへ行こうかと、思案する場所だったそうです。真っ直ぐ北へ向かえば、美唄《びばい》から旭川。西へ乗り換えれば夕張炭鉱。手っ取り早く金になるのは夕張だが、いのちは惜しいし……というわけですな。思案のあげく、大抵は金の魅力につられて夕張へ行ったそうです。その先どういうことになったものやら……追分というのは道ばかりでない。人の運命の分かれ道でもあったわけですなあ」

　なかなか含蓄のあることを言う。

　吉井も清原も、老人の言葉に重みを感じないわけにいかなかった。夕張と追分を調べ歩いてみて、人の消息がこんなにまではっきりしないというのは、驚くべきものがあった。これが法秩序で管理された日本の国の中なのか——という想いがした。

「死んでから何日も経って、独り住まいの老人が発見されたなんて話を聞いたり、山奥で死後何年も経った死体が見つかったりするけれど、そんなことがあっても不思議ではない世の中なんだなあ」

　老人の店を出て、駅へ向かう道すがら、吉井はつくづく慨嘆《がいたん》した。

「そうですよ、このあいだだって、国際手配の過激派のヤツがいつのまにか日本に帰国して、何年も住んでいたのに、ずっと気づかなかったくらいですからね。まして、いなくなった人間のゆくえなんか、分からなくて当然みたいなものですよ」

歳の若い清原のほうが、吉井なんかよりもはるかに達観しているらしい。

「そうすると、追分節同好会のメンバーの消息を掴むなんていうのは、絶望的かもしれないぞ」

結局、吉井と清原の調査では、安原耕三が十五年前まで追分町に住み、その後、夕張市に移転し炭鉱に就職。五年前に傷害事件を起こして解雇されるまで夕張にいた。その後、札幌で二年間住んでいたらしい——ということだけしか分からなかった。

それから三年間のブランクがあって、彼が社会に対して公然と、自分の所在をはっきり現したのは、八百屋お七の墓の前だったわけである。

谷田恵美のほうは、まだしも事情がはっきりしていた。

谷田家は彼女の両親の代から夕張に住むようになったらしい。炭鉱相手の商売をやっていた様子だ。恵美の両親は父親が二十年前、母親が十七年前、すでに他界していた。

恵美には幸雄という弟がいて、生きていれば三十九歳になっているはずだが、父親の死後まもなく夕張を去って、現在はどこにいるのか、所在がはっきりしない。役所の住民票には、谷田恵美は転出したものの、幸雄の分はそのまま手つかずになっている。選挙権もある、つまり幽霊人口の一人というわけだ。

例の食料品店の北本も、恵美の弟については、あまり鮮明な記憶はないということであった。

「親父さんもおふくろさんも早くに亡くなったのでしょう。娘さんもあまり出歩かない人じゃなかったのかな。そうそう、脚が少し不自由だったせいかもしれませんな。息子さんのほうは、ずいぶん以前はときどき顔を見たような気もしますがね、ひょっとすると、ここには住んでいなかったのじゃないかな。札幌かどこかに勤めていて、たまに帰ってきていたのかもしれません。親父さんが亡くなってからはまったく現れないみたいですね」

北本はそう言っている。

谷田一家が夕張に住みついたのは、二十年前頃である。その頃はすでに息子は学校を出ているので、町の人々との馴染《なじ》みも薄かったということのようだ。

「谷田恵美さん本人に訊いてみれば夕張での生活や弟のことなんか、詳しいことが分かると思いますが」

吉井は竹村に、電話でそう報告した。

「それにしても驚きましたねえ、あの魔女人形の作者が、軽井沢にいたとは」

「うん、私も驚いた」

「しかし、そのことと事件と、何か関係があるのでしょうか？」

「分からないな、何がどうなっているのか、いまのところ五里霧中だ。しかし、こう夕張に結びついたり、むやみに追分が出てきたりするのが偶然ばかりとは考えられないだろうね。必ず何かあると思うよ」

「はあ……」

「それで、追分節同好会のメンバーについてだが、その後どんな具合かな、行き先は分かりそうかな？」

「大半は分かりそうですが、一部、まったく消息不明者もありそうです」

「そうか……まあ、そっちで消息の摑める者だけでいいから、一応、当たるだけ当たってみてくれ。桑江と接触がないか、せめて桑江の交友関係だけでも出てくれるとありがたいのだがねえ」

「分かりました」

吉井は元気のいい返事をしたが、正直なところ、手掛かりを摑めるような気分は、まったくなかった。

6

国道18号線の追分に「分去《わかさ》れ」という、旧中山道と北国街道の分岐点があるが、そこを右へ、北国街道を行くと、軽井沢の西のはずれ近くに三ツ石という集落がある。

この辺りは都会の空気に毒されつつある軽井沢の中にあって、まだまだ牧歌的な雰囲気の漂う高原だ。

三ツ石で北国街道を右に折れ、林道のような細道を浅間山に向かって百メートルほど入ったところに、谷田恵美の家はあった。かつて木工関係のちっぽけな工場だったのがつぶれて、そこを人が住めるように改装したということだ。

竹村と木下は、あまり人目に立たないようにと、マイカーで訪れた。

周囲には隣接した人家がなく、まったく孤立した建物であった。

「こんなところに女性一人で住んでいて、怖くはないのですかねえ」

車の中から建物の様子を窺《うかが》いながら、木下は不思議そうに言った。

建物は木造で、三角屋根の途中から小屋根が突き出して、屋根裏部屋の窓が見える。屋根はくすんだ赤、壁に白いペンキを塗った、まるで少女マンガにでも出てくる「館《やかた》」のような家であった。

車を降りると、二階の窓にチラッと人影が見えた。レースのカーテンが揺れて、まもなく玄関のドアが開き、髪の長い女性が顔を覗かせた。

竹村はいくぶん前かがみになりながら、ドアに近づいた。

「どちらさまでしょうか？」

透明感のあるきれいな声だ。大きな目がこっちを見ている。フリルやフレヤーのたっぷりした、淡いブルーのワンピース姿は、地元の人間にはないファッションだった。

「谷田恵美さんですね。警察の者ですが、ちょっとお邪魔します」

竹村は出来るだけ声を落として言った。

「警察？」

恵美は明らかに眉を曇らせた。警察にあまり好意を抱いていないのがありありと分かった。

「いま仕事中なのですが……」

「あ、なに、ほんのちょっとだけお話をお聞きするだけですから」

竹村は構わず玄関に入った。

恵美は仕方なさそうに、やや後ずさって、二人の刑事に場所を譲った。

建物の中も白を基調にした、清潔感のあるインテリアで統一されている。壁のところどころには、『ひいらぎ』にあるのと同じような魔女の人形が、効果的に飾られている。

「どういうことでしょうか？」

「谷田さんはお一人で住んでおられるそうですねえ」

竹村はもったいぶって、手帳を見ながら言った。しかし、手帳には何も書いていない。

「ええ、そうですけど」

「立派なお宅ですが、ずいぶん高かったのでしょうねえ」

「この家ですか？　まさか、買えませんよこんな大きな家。借家です」

「そうですか……いやそれで安心しました。私なんか一生かかってもこんな家は買えませんからねえ。すると、大家さんは？」

「こっちへ曲がってくるところに、お店があったでしょう？　土屋さんていう、あのお宅です」

「そうですか、それで、ええと、こちらに移って来られたのは二年前からでしたか」

「もうちょっとになります」

「ここに来る前はどちらでした？」

「東京です。東京の台東区にいました」

「その前は？」

「その前……あの、警察の方がそんなことを調べていて、何かあるのでしょうか？」

「いや、そういうわけではありませんが。最近、この辺りで殺人事件が相次いで起こりましてね。ご存じだと思いますが、『ひいらぎ』さんの前に人が死んでいたり、昨日も御代田町で人が殺されるという事件が起きています。それでまあ、とくに一人で住んでおられる方を回って、防犯の注意をしているようなわけです」

「ああ、そうだったのですか、ご苦労さまです」

恵美は頭を下げた。しかし上がれとは言ってくれそうもない。

「それで、あらためてお訊きしますが、東京の前はどちらに住んでおられましたか？」

「その前は……あの答えないといけませんか？」

「は？　それはどういう意味でしょうか？」

「前住んでいたところについては、あまり愉快《ゆかい》な思い出がないんです。つまり、忘れてしまいたいんですよね。ですから、本籍地も移したりしたんです」

「ほう……」

　竹村は驚いたような顔を作りながら、本籍地を移したということを、恵美が隠すつもりのないことに好感を抱いた。

「どうしてですか。何かいやなことがあったのですか？」

「ええ、まあ……」

「しかし、一応、話していただけませんか。警察は秘密を洩らすようなことはしませんので」

「そうですか……あの、私は五年ほど前は北海道に住んでいたのです」

「北海道……」

　竹村はびっくりしたような顔を上げた。われながら下手な芝居だと思った。

「北海道のどちらですか？」

「夕張市です。炭鉱のあるところです」

「知っています。いや、行ったことはありませんが、炭鉱はね……たしか、何年か前に大きな事故がありましたね」

「ええ、昭和六十年です。六十人以上の人が亡くなりました」

「そうでしたか。じゃあ、誰か、知っている人が亡くなったのですか？」

「ええ、何人かは知っています……あら、変ですね？」

恵美は怪訝《けげん》そうな目を竹村に向けた。

「何が、ですか？」

「いま、刑事さんは『知っている人』って訊きましたよね」

「はあ、そうですが」

「ふつうは『家族に亡くなった人は？』って言いそうなものですけど」

恵美の竹村を見る目が笑っている。

「えっ？　いや、そうですかねえ。べつに意識しないで訊いたのですが」

竹村は懸命に抑えようと努力しながら、明らかに狼狽《ろうばい》していた。しかし、それと同時に、この女性に対する敵愾心《てきがいしん》のようなものが身内から湧いてきた。

「それじゃ、質問をやり直しましょうか。ええと、ご家族で亡くなられた方は？」

「ほほほ、いません」

恵美は声を上げて笑って、サッと表情をあらためた。

「私はその前に夕張を離れましたし、その頃から一人で住んでいましたから」

「一人というと、ご両親やご兄弟は？」

「両親はずっと前に亡くなりました。弟もだいぶ前に家を出たきりです」

「その弟さんは、現在はどちらですか？」

「知りません」

「知らない？　どうしてですか？」

「弟は若い頃からグレていて、家に寄りつかなかったのです。ずっと以前に東京へ出て行ったということは、聞いたことがあるのですけど、それきりでした。でも、半年ばかり前、私がここにいるのを探り当てたといって、電話をかけてきました」

「ほう、じゃあ居場所は分かったのじゃありませんか？」

「いいえ、教えてくれなかったのです。落ち着いたら知らせるとか言ってました」

「なるほど、そうでしたか……」

竹村は渋い顔をした。正業にもつかず、居場所もはっきりできない中年男に、ロクなイメージが湧かない。

「ところで、谷田さんは夕張では何をしておられたのですか？」

「いまと同じです」

「というと、人形を作っていたのですね？」

「そうです」

「たしか魔女の人形でしたね」

「いいえ、魔女の人形ばかりというわけではありません。いちばん沢山ある東京からの注文のほかの人形です。魔女人形は、いまのところ『ひいらぎ』さんだけにしています」

何も訊くことがなくなってきた。竹村は思いきって切り出した。

「その『ひいらぎ』さんの店の前で殺されていた男の人ですが、その人も以前、夕張炭鉱にいたことがある人なのですよ」

「えっ？　ほんとですか……」

恵美は目を見張った。あまりにも目が大きいので、なんだか芝居じみて見えたが、とぼけているのかどうかは、竹村には分からなかった。

「桑江さんという人なのです。ちょっと気味が悪いですが、こういう顔の人です」

ポケットから写真を出して、「デスマスク」を見せた。

　恵美は眉をひそめたが、顔を背《そむ》けるようなことはしなかった。

「知りません。名前も聞いたことがありませんし、見たことのない顔です」

「『ひいらぎ』さんの事件について、何か心当たりはありませんか?」

「ええ、べつに……」

「そうですか……」

　いよいよ質問のタネが尽きた。竹村は「どうもありがとうございました」と礼を言って、玄関を出た。

「なかなかしっかりした女だね」

　車が走り出してから、竹村は多少、いまいましそうに言った。

「そうですねえ、警察が夕張のことを調べているのを、察知したような感じでした」

「ああ、ちゃんと見透かしていたね。おちょくられたような気分だった」

　このまま引き上げるのが業腹《ごうはら》なので、恵美が言っていた『土屋商店』に立ち寄った。

　中年の女性が一人で店番をしていた。

「谷田さんですか? いい人ですよ。静かだし、愛想もいいし。ただ、あまり近所付き合いはしないひとですね。脚がちょっと不自由なせいだと思いますけど」

　概して評判がいい。

「ずいぶん立派な家だけど、家賃は相当するのでしょうね」

「そんなでもありません。いま見るときれいですけど、あれは谷田さんが自分で大工さんを頼んで直したからで、その前はひどい家だったのです」

「なるほど、そういうわけですか」

竹村はお愛想に煙草を一つ買って、店を出た。

車に乗ろうとして、ふと気になった。

「おい、いま、あのおばさん、大工に直してもらったって言っていたな」

運転席に座った木下に言った。

「ええ、そう言ってましたが？……」

「大工か……」

竹村は森の中に三角屋根だけが見える『人形の家』を眺めた。

第六章　配達された死体

1

御代田町で殺された大工のことが、竹村の頭をよぎった。

「ちょっと待っていてくれ」

木下刑事に言い置いて、土屋商店に引き返した。

「谷田恵美さんの家を直した大工さんですがね、何ていう名前ですか？」

「大井さんですけど」

おばさんは妙な顔をして答えた。御代田の被害者の名は「小西」だった。

「その大工さんですけど、一人で仕事していたのですか？」

「いいえ、二人ですよ」

「えっ？　二人？　そのもう一人の名前は分かりませんか？」

「分かりますよ、だって、大井さんの息子さんですからね」

「なんだ……」

竹村は思わず、拍子抜《ひょうしぬ》けした。

「大工さんがどうかしたのですか？」

おばさんは怪訝そうに、上目遣いに竹村を見つめた。

「いや、立派な建物だと思ったもんでね」

竹村は誤魔化して、「じゃあ」と手を振って、車に戻った。

「考えてみると、大工が殺されたからといって、その事件と谷田恵美とを、単純に関係づけるのはおかしい」

（焦ってるな――）竹村は自分を嘲笑《あざわら》った。

帰途、『ひいらぎ』に立ち寄った。夜間ほどではないが、コタローはやはり吠えた。その吠え声を呼び鈴代わりに、丸岡一枝が顔を出した。

「あら、なんだ、刑事さんなの……変だと思った」

　つまらなそうな顔になった。

「すみません、刑事で」

　竹村はニヤリと笑った。

「誰かと間違えたんですか?」

「ええ、父がね、来るっていうもんで」

「ほう、お父さんが、ですか。そりゃ、珍しいですねえ」

「珍しいも何も、初めてのことですもの、面喰らっちゃって……」

　久し振りに父親に会える嬉しさよりも、不安のほうが勝っている様子だ。

「じつはですね、谷田恵美さんの出身地が分かったのですよ」

　竹村は言った。

「あ、そうなんですか、それで、彼女はどこから来たのですか?」

「それがねえ、なんと、北海道なんですよ」

「北海道?……」

　その時、表に車の停まる音がして、一枝は腰を上げた。今度こそタクシーだった。ガラス戸の向こうに、タクシーから下りる丸岡のがっしりした体軀《たいく》といかつい顔が見えた。

　一枝はドアの外へ出て、気難しい父親を迎えた。

「しばらく」

「うん」

父親と娘の再会らしくない。

丸岡は店の外観を見回してから、一枝が開けたドアを入った。

「なんだ、きみたちは？」

竹村と木下を見て、不愉快そうに言った。

「先日はどうも……」

竹村は立ってお辞儀をした。丸岡は礼も返さない。迷惑そうに眉をひそめている。

「あ、そうか、パパ、ご存じなのね」

紹介しかけて、一枝は気がついた。

「悪いが、帰ってもらってくれないか」

丸岡は言った。一枝は困った顔をして、二人の刑事に小さく会釈《えしゃく》をした。

「いや、もう帰ろうと思っていたところですよ。じゃあ、また来ます」

竹村は木下を促《うなが》して、店を出た。一枝はさすがに恐縮して、店の外まで送って、「すみません」としきりに謝っていた。

「相変わらず、いやなおやじですねえ。いったい何をしに来たのだろう？」

木下は車の中に入るなり、面白くなさそうに言った。

「たぶん、娘の様子を探りに来たっていうところだろうな。まあ、玄関先に死体が転がっていたというのだから、親たる者、気にしないではいられないってところかな。ことによると、店を畳《たた》んで東京へ戻れ、ぐらいなことを言うつもりかもしれない」

「彼女、言うことをききますかね？」

「おれはきかないほうに賭《か》けるね」

「警部、それが警察官の言うことですか」

木下は呆れたように口を尖らせた。

「ばか、冗談に決まってるだろう」

竹村は苦笑して、後部シートに斜めにゆったりと座り直した。窓を通して、雪もよいの重たげな空が見える。

「北海道組は収穫があったのかな」

木下の返事を期待するわけでもなく、竹村は漠然と言った。

吉井の報告で、夕張などの様子を聞けば聞くほど、竹村は憂鬱《ゆううつ》になる。職場を失い、家を失い、妻を失った男たちが、あてどなく旅立った先で、冷たいむくろになってしまった、その過程に、どれほどの辛いストーリーがあったかを想像するのは、ひとごとながらやりきれなかった。

「谷田恵美の弟というのは、どこにいるのかな……」

「彼女は知らないと言っていましたね」

「ああ、本当に知らないのかどうかはともかくとして、だな」

「嘘をついているのでしょうか？」

「分からないな。彼女は心の中を見せないタイプの女じゃないかな……」

言いながら、竹村はふと思いついた。

「そう言えば、彼女、『東京に』と言っていたっけな」

「は？　東京、ですか？」

「うん、魔女人形の話をしていて、魔女人形は『ひいらぎ』だけで、東京からの注文にはほかの人形を、とか言っていた」

「そうでしたかね」

「なんだ、キノさんは何も聞いていないのか？」

「いや、聞いてますよ。聞いてるけど、そんなこと言っていたですかねえ?」

「ああ、言っていたのだ。まったく頼りねえ刑事だなあ。これじゃ、テープレコーダーのほうがよっぽどましだよ」

「あ、そういう言い方はひどいですよ。第一、そんなことを憶えていたって、何の役にも立たないじゃないですか。意味のないことを記憶する必要はないのです」

「意味がないかどうか、調べてみなきゃ分からないだろう。おい、すぐに谷田恵美の家に引き返せ」

竹村はしだいに気分が乗ってきて、木下の耳元で怒鳴った。木下も竹村の剣幕に驚いて、急いで車をUターンさせた。

しかし、竹村の気負いはまたしても空振りに終わった。谷田恵美の作品は、玩具類の卸商《おろししょう》に売られているのであった。

「そこから先、どこへ行くのか、私は直接はタッチしていません。ただ、デパートに出ているのを見たという話を聞いたことがありますけどね」

恵美はそう言っていた。

「いったい、警部は何を考えているんですかねえ」

軽井沢署へ引き上げながら、木下はホトホト呆れ果てたと言わんばかりに、ボヤいた。

「もしかすると、あそこじゃないかと思ったもんでね」

「あそこって、どこです?」

「ほら、あの八百屋お七の墓の近く……丸岡家を訪ねて行って、道に迷ったところに、陰気《いんき》くさい店があっただろう」

「陰気くさい店って……ああ、あの突き当たりにあった、あれですか？」

「そうだよ。いまにして思うと、あの店がなんだか気に掛かるのだ。どことなく『ひいらぎ』と似ているような気がしてならない」

「似てませんよ、『ひいらぎ』は白木づくりで、明るいし、あっちのは黒っぽくて、警部も言ったみたいに、陰気くさい店だったじゃないですか」

「そうだよ、たしかにそうだけどさ……しかし、なんとなくね。似通っているような気がしてね」

竹村は、こだわりを捨てるように首を振った。

2

吉井、清原両刑事は、その後、大した発見もないまま、軽井沢に帰投した。しかし、ともあれ二人の北海道出張は大成果をもたらしたことは事実だ。

「お疲れさんでした」

捜査会議の冒頭、竹村は彼らの労を犒《ねぎら》った。

「いいえ、いい勉強をさせてもらいました」

吉井部長刑事はきびしい表情で言った。

「実際、今回の出張では、いろいろ、人間について、あるいは世の中について、考えさせられることが多くありました」

「そうだったようだね」

竹村は頷《うなず》いてから、言った。

「ここで死んだ桑江さんも、東京で死んだ安原さんも、ともに夕張という共通した場所で働いていた。その二人が、追分という共通した地名に絡む場所で殺されたというのには、必ず、何か意味があるはずだと思う。なぜ追分だったのかということだね」

「自分は感じたのですが、例の江差追分同好会ですが、夕張支部が空中分解してしまったという、それと、今回の事件とのあいだに、何か繋《つな》がりがあるのではないでしょうか」

日頃、比較的おとなしい吉井としては珍しく、はっきりした主張だった。やはり、北海道での、峻烈《しゅんれつ》な体験が、この男の視点を鋭くしているのかもしれない。

「つまりそれは、桑江さんが言っていたという『復讐《ふくしゅう》』うんぬんに繋がっているという意味だね?」

「はあ、そう思います」

「桑江氏は『割のいい仕事口がある』と言って北海道をあとにしているわけだね。その割のいい仕事が、死に結びつくというのは、かなり危険な仕事であった証明といっていいだろうな」

竹村は思索的な目を天井に向けて、しばらく沈黙した。

「まだ状況がはっきりしない段階で、こういう仮説を言うのはどうかと思うが、かつてのヤマの仲間……とくに、追分同好会のメンバーの誰かが、何か組織的な仕事をはじめていて、桑江氏や、東京で死んだ安原氏が、それに誘い込まれたということは考えられるね」

「はあ、自分もそうだと思います」

吉井も力をこめて同調した。

「しかし、その結果として、二人は相次いで殺される羽目になったというわけか……いったい、何があったのかな?」

「いずれにしても、何か非合法的な仕事をやる組織なのじゃないでしょうか」

と吉井は言った。

「じつは、炭鉱地区での聞き込みを通じて知ったことですが、夕張には暴力団がかなり食い込んでいたという事実があります。爆発事故の補償《ほしょう》や、閉山の補償手当などに、ハイエナのごとく群がっていたそうです。したがって、非合法組織というとことだと、マル暴がらみということもあり得るわけでして、だとすると、組織にとって都合の悪い存在は、簡単に抹殺《まっさつ》してしまう可能性があります。桑江という人は本質的に真面目な性格だったようで、いったんは参加したものの、『仕事』の実態を知って、驚いて足抜きをしようとしたために、組織としては秘密を知られた以上、生かしておくわけにいかなくなったし、ある意味で、見せしめのために消されたといったことも考えられるのではないでしょうか」

「うん、いいね、いいよ、私もそう思う」

竹村は手放しで、吉井部長刑事の推理を褒めそやした。

「安原氏にしたって、傷害事件か何かで炭鉱を解雇されたというが、原因はどちらに非があったのか、分かったものじゃない。ひょっとすると、反骨精神のある男だったかもしれんしね。だとすると、組織にとって都合の悪い存在だったことは、充分、考えられる。また、桑江氏と親しかったために、桑江氏殺害の事件の真相を知られた以上、組織としては安原氏まで消す必要に迫られたということもあり得る。桑江氏の事件が三月四日、安原氏の事件が三月七日、時間的にもピッタリだ。うん、いいね、これで一つの仮説が出来上がったじゃないか」

竹村は手を叩かんばかりに言って、一転、眉を一文字にして、きびしい表情になった。

「問題は、なぜ追分か——だな」

「あの……こういうことを言うと、笑われるかもしれないのですが……」

清原刑事が、遠慮がちに、ボソボソした口調で言い出した。

「追分というのは、ですね、その、なんていうか、感傷と言いますか、郷愁のようなものではないかと思うのですが……」

「ほう……」

竹村は、清原の朴訥《ぼくとつ》な顔を見つめて、次の言葉を待った。清原はその視線にたじろいで、躊躇《ためら》いながら言葉をつづけた。

「自分は軽井沢の追分地区の出であるせいか、今度の出張で、北海道へ行って、偶然、追分という町に出会った時、すごく懐かしく感じたのです。なんていうか、よその土地でないようなです。それで、思うのですが、桑江さんという人も、炭鉱や奥さんや、いろいろ裏切られたことはあったけれど、追分節の仲間とだけは分かりあえたのではないでしょうか。夕張炭鉱の事故で何人も死んだ時、合同慰霊祭に集まった人びとの中からしぜんと、江差追分節の大合唱が起きたというのです。追分節は鎮魂歌だと言ってました。追分節で結ばれた者は、信じることのできる同志だと、そう思っていたのではないでしょうか。どんなに頑固な人間にも、何か一つ、弱点はあるものだそうですが、彼らにとっての弱点は、『追分』という言葉ではなかったかと、そんなふうに思ったのです」

さざなみのような感動が、捜査員たちのあいだに広がっていった。

清原は、どちらかといえば、刑事としての資質は凡庸《ぼんよう》だと思われていた。いや、実際、そうかもしれない。しかし、いま清原が訥々《とつとつ》と語ったことは、彼らの知られざる一面を、雄弁に物語った。

　吉井の理論性と清原の感性……それは、刑事の、というより、人間の資質の両輪のようなものだ。

「いいね、うん、いいよ……」

　竹村は二人の捜査員を見比べながら、満足そうに、何度も頷いた。

3

　まだ仮説の段階とはいえ、事件の背景となる大きなストーリーは、ようやく形を成してきた。吉井、清原両捜査員の指摘は、おそらく大筋においては間違っていないだろう。

　しかし、現実の捜査は、それで大きく前進するというものではない。事件解明に結びつくような、具体性のある手掛かりは、ほとんど何一つとして発見されていない状態であった。

　その点は、東京の岡部警部のほうも、似たようなものらしい。岡部は竹村からの電話で、吉井と清原の話を聞くと、感嘆していた。ことに清原の着想には敬服して、「やはり、そういう発想というのは、地元の人ならではでしょうねえ」と言った。

　捜査員は、依然として、地道な聞き込みを中心に、足を棒にして動き回っている。すでに、同じ相手に三度も接触したケースが、いくつもあった。

　竹村も捜査本部で席を温めていることはなかった。もともと、そういう、じっとしているのは苦手な男だ。腰巾着《こしぎんちゃく》の木下の運転する車で、まるで、あてどなく――といった感じで動き回った。

　時には、佐久警察署の「御代田町大工殺人事件」の捜査本部に顔を出すこともあった。なんとなく、その事件のことが気に掛かってならないのだ。

　とはいえ、そっちには県警本部から、すでに別班のスタッフが来援しているから、そうそう、余計なお節介を焼くわけにはいかない。せいぜい、陣中見舞いと称して、軽井沢名物「沓掛《くつかけ》時次郎まんじゅう」というのを持って行くぐらいなものだ。

　その際に、世間話ふうに、雑談の中から、捜査の進捗《しんちょく》状況を聞き取ってくる。しかし、軽井沢署と同様の難航ぶりらしい。

「いずこも同じだなあ……」

　佐久署を出て、車に戻ると、竹村は運転役の木下に慨嘆して言った。

「ここの主任も、こんな単純な事件が、どうしてこんなにてこずるのか分からないと、頭を抱えているよ」

「そうですか、そりゃよかったですねえ」

　木下は正直に感想を述べた。

「ばか、捜査が難航してるのを、喜ぶやつがあるかよ」

「だって警部、もしこっちのほうが先に解決しちゃったら、具合が悪いじゃないですか」

　木下は口を尖らせた。

「それはそうだがさ、建前としては、そういうことを言っちゃいかんのだ」

「いいじゃないですか、誰も聞いていないのだし」

「誰も聞いていないって、天知る地知るわれ知る汝知る——っていうの、知らないな」

「何ですか、それ?」

「中国の格言みたいなものだ。第一、ほら、無線がオープンになってるよ」

「えっ？……」

　木下はギョッとして、慌てて、無線のスイッチを確認した。

「ははは、ばかだな、嘘に決まってるだろ。単純なやつだ」

　竹村は笑ったが、どこか空疎なひびきがする。

「帰りに『ひいらぎ』にでも寄ってみるか。なんだか、あのへんてこな魔女人形に会いたくなった」

「会いたくなったのは、あのママのほうじゃないですか？　奥さんに言いつけちゃいますよ」

「ばか、なんてことを言う。かりにも、おれは上司なんだからな」

「はい、すみません」

　木下は首を竦《すく》めた。

「あの時……」と、ふと思いついて、竹村は呟いた。

「あの時、『ひいらぎ』のママは、なぜあんな言い方をしたのだろう？……」

「は？……」

　木下が間抜けな目を、バックミラーの中の竹村に向けた。

「いや、いま、ふいに気がついたのだが、あの時なぜ、彼女は『なんだ』と言ったのかと思ってね」

「何ですか？　それは……」

「キノさんは、また例によって憶えていないのだろうけどね、おれたちが谷田恵美の家の帰りに『ひいらぎ』に寄った時、犬の鳴き声で、ママが飛び出してきて、『なんだ』と言ったのだ」

「ああ、そういえば、そんなことを言ってましたね。そのくらいのことは、自分だって憶えていますよ。『なんだ、刑事さんか』みたいなことを言ったのでしょう?」

「そうだ、その時にだね、彼女は『変だと思った』とも言ったのだよ」

「ああ、たしかに、そんなふうなことを言いました」

「父親が来ると思っていたところに、われわれが行ったのだから、『なんだ刑事さんか』まではいいとしても、『変だと思った』というのは、どういう意味だと思う?」

「?……」

木下は竹村の言っている意図そのものが分からないから、茫然としている。

「いま思い出したのだが、あの時、われわれが行くと、コタローが吠えただろう」

「ええ、少し吠えましたね」

「しかし、父親が来た時には、吠えなかったじゃないか」

「そう、でしたかね」

「そうだよ、吠えなかったのだよ。だから、あのママは、吠えないはずの父親にコタローが吠えるのを『変だ』と思ったわけだ。とにかく、父親の丸岡氏には、コタローは吠えないのだな。しかし、それはいったい、なぜなのだろう?」

「さあ……親子だからですかねえ」

「ばかばかしい。親子かどうか、犬に分かるはずがないじゃないか」

「じゃあ、警部は何だって言うんですか?」

「つまり、コタローはママの父親・丸岡氏を知っていたのじゃないかな」

「えっ、そんなはずはないですよ。だって『ひいらぎ』のママは、父親が軽井沢の店に来るのは、初めてのことだって言ってましたからね」

「丸岡氏が来たのは初めてかもしれないが、丸岡氏とコタローが一度も会ったことがないかどうかは、言っていない。むしろ、吠えなかったことからいっても、顔見知りの間柄と見るべきじゃないだろうか？」

「どういう意味ですか、それは？」

「彼女があそこに店を出したのは、いまから三年前だったよな。ところで、あのコタローは何歳になるんだ？　もし、三歳以上だったとしたら、どこで生まれて、どういう経路を辿って『ひいらぎ』で飼われるようになったのだろう」

「…………」

「おそらく、丸岡一枝が軽井沢に来る前に、コタローは東京の丸岡家で、すでに一枝に飼われていたと考えられるのじゃないか？」

「なるほど、だとすると、親父さんのことを知っていて当然ですよね」

木下は大きく頷いてから、「えっ？」と飛び上がった。

「まさか、警部は、死体を運んだのが、あの丸岡氏だなんて考えているんじゃないでしょうね？」

「あははは、まさか、そこまでは考えていないが……しかし、分からないぞ。キノさんの言ったとおりかもしれない」

「冗談じゃありませんよ、私はそんなこと考えていませんからね。もし事情聴取をする必要なんかがあるのなら、警部がやってください。どうも、私は、ああいうじいさんは苦手です」

「情けない刑事だな。しかし、そんなくだらないことは、さすがにあの丸岡氏はやらないだろう。

ただし、コタローが東京で飼われていたと仮定すると、容疑者の幅がグンと広がることは確かだ。たとえば、丸岡家には『ひいらぎ』のママのほかに三人兄弟が出入りしていたはずだし、その連中がどういうことをやっているのかも調べる必要があるだろう」

「それはそうかもしれませんが、それにしたって、わざわざ『ひいらぎ』の店の前に死体を捨てに来るというのがですね、どういう理由や動機があって、そんなことをするっていうんですか?」

「とにかく、『ひいらぎ』に寄ってみよう」

竹村は表情を引き締めた。

4

丸岡一枝は、もうすっかり見飽きたという顔で、二人を迎えた。

「昨日はお父さん、何の用事でみえたのですか?」

挨拶《あいさつ》の延長のようなさりげない口調で、竹村は訊いた。

「東京に帰れって、うるさくて」

一枝は寂しそうな顔になった。

「で、帰ることにしましたか?」

「いいえ、こんな店ですけど、ここまで苦労してやってきて、そう簡単に投げ出すわけにはいきませんものね」

「でしょうねえ、私もそう思いますよ」

竹村は大きく頷いてみせた。

「ところで、お宅のコタローくんですが、あれは東京にいる頃から飼っていたのでしょう?」

「ええ、そうですけど……あら、どうして知ってるんですか?」

「いや、なんとなく都会的な犬だと思ったものですからね」

「嘘ばっかり」

一枝は笑った。

「だって、カレが生まれたのは川上村ですよ。東京の家の近くで工事をしていた大工さんから子犬のときにいただいたんですけど、その人がそう言ってましたもの」

「大工?……」

竹村はドキッとして、木下と顔をあわせた。それから最大限、平静を装《よそお》って、さりげなく訊いた。

「その大工さんも川上村の出身だったのですか?」

「だと思ったけど、違ったかしら?」

「名前は?　田舎は同じ名前の人が多いですからね」

「さあ、名前も聞いてないんですよね。ニイさん、ニイさんて呼んでましたから」

「じゃあ、若い人ですか?」

「ええ、その頃、二十五、六歳ぐらいじゃなかったかしら、私よりずっと若い感じのひとでしたよ……でも、どうして?」

一枝は、さすがに、質問の仕方が少しおかしいと思ったようだ。

「その工事現場ですけど……」

竹村は唾《つば》を飲み込んだ。柄《がら》にもなく、神仏に祈りたい気持ちになっている。

「それは、建物を建てていたのでしょうね」

「ええ、あらやだ、決まってますよ、大工さんですもの」

一枝はのけぞるような恰好で呆れて、木下に、

「ねえ」と笑いかけた。しかし、木下は笑わない。むしろ竹村以上に緊張しきっている。

「その建物というのは」竹村は言った。

「あれじゃないですか、その、黒っぽい、なんていうか、骨董品店みたいな……」

「ええそうですよ、あら、ご存じなんですか? あのお店」

「いや、知ってるってわけじゃないんですがね、道に迷って……しかし、あそこはお宅とはだいぶ、距離が離れていませんか?」

「ああ、道路はね、ぜんぜんべつの道だから、遠く感じるのですけど、うちの庭の裏側が、あのお店の敷地と背中合わせなんです。だから、工事中はずっと眺めていて、そして、その大工さんが可愛い子犬を連れてきていたものだから……」

「ここのお店ですが」

竹村は、一枚の話を遮るような勢いで、訊いた。

「このお店も、その大工さんが建てたものじゃありませんか?」

「いいえ、まさか……だってそのひと、東京ですよ。それに、まだ若くて、一本立ちはしていなかったみたいだし。ああ、建物の感じが似ているのでしょう? このお店を設計する時、あのお店の感じを真似してみたんです。ただ、軽井沢のイメージからいって、黒っぽいのはよくないと思ったものだから、白木にしましたけどね」

竹村の頭の中は、いろいろな事柄が錯綜して、もつれた毛糸玉のようになっていた。それを解きほぐそうと、猛烈《もうれつ》な勢いで脳味噌を働かせた。

そして、早口で言った。

「そうだ、キノさん御代田の派出所へ行って、手配の写真を貰ってきてくれないか」

「分かりました」

木下もすぐに竹村の意中を察して、飛び出して行った。一枝は不思議そうに、その後ろ姿を見送っている。

竹村は「ふうーっ」と肩で息をついて、今度はゆったりした口調で言った。

「丸岡さんには、三人のご兄弟がおられるのでしたね」

「ええ」

「やはり、みなさん東京ですか？」

「いいえ、違うんです。一番上の兄は、いま、スイスですし、二番目のは新潟、三番目が石巻《いしのまき》。みんな遠いんですよね。だから父も寂しがって……でも、長兄がいずれ戻って来ますからね。そうなったら、今度は邪魔者になるわけでしょう。そういうのって、なかなか難しくって……」

「軽井沢には、ご兄弟のどなたか、みえたことがあるのですか？」

「ぜんぜん……軽井沢どころか、東京の家にも滅多に寄りつかないんですよ。ああいう父だから、兄嫁たちはみんな煙たがって……一昨年の正月に、二年ぶりで帰ったぐらいじゃないかしら」

「じゃあ、コタローくんのことも知らないくらいですね」

竹村はさり気なく、言った。

「ええ、そうね、そうだわ、うちの子のこと、誰も知らないんだわねえ」

一枝は感慨深そうに、少し頭を傾けるようにして言った。

「なるほどねえ、コタローくんは丸岡家の異端児ということですか。だとすると、コタローくんを知っているのは、その大工さんと、ほかには誰っていうことになりますか」

「作業場に連れてきていたから、大工さんの仲間とか……たまに、施工主の人も来て遊んでいたみたいですけど」

「ほう……」

竹村は無意識に鋭い目つきになった。

「あそこの店は、何の店なんですか？　ちょっと変わった感じだったけど」

「何なのかしらねえ？　私もお店の中に入ったことはないんですよ。外から見た感じでは、外国製の骨董品《こっとう》だとか、陶器だとか……そうそう、ショーウィンドウの中にはアンティックな人形もあったわね。それを見たのが、この店で人形を売ってみようっていう、ヒントになったんです」

「あんな変なところで、商売になるんですかねえ？」

「ええ、ちょっとね、不便な場所でしょう。少なくともフリのお客さんは期待できないんじゃないかしら。でも、いまだにつぶれてないって、父も言ってましたし、それなりに固定客があるみたいですよ」

「固定客……お馴染みさんですか」

「ええ、父が散歩の時に、あの路地の入口を通るんですけど、同じ顔に何度も出会うんですって」

木下の車が戻って来た。竹村は見合い写真を待つ乙女のように、ときめく胸を持て余していた。

「お待たせしました」

木下は剝《む》き出しの写真を、竹村に渡した。

「丸岡さん、この人物に見憶えはありませんか？」

竹村は微笑を浮かべながら、写真を差し出した。運転免許証の写真を大きく伸ばしたもので、あまり程度はよくないが、一応、人相ははっきり摑める。

写真を受け取って、一枝は「あら！」と驚きの声を上げた。

「この人、大工のおニイさんじゃない……どういうことですか？」

不審感と疑惑を露《あらわ》に、一枝は二人の捜査員を等分に睨《にら》みつけた。

「この人物は……」と、竹村は声が震えないように注意して、言った。

「小西という人で、先日、御代田町で殺害されたのですよ」

「えーっ！……」

一枝の手から、写真がハラリと落ちた。

小西勝男は、一個所に定着しないで、割のいい仕事を求めて作業場から作業場へと移ってゆくタイプの、いわゆる流しの大工であった。

若い割に腕はよかったらしい。このところの建築ブームで、腕の立つ大工は引っ張りだこだ。中京や東北、北陸あたりから、東京近郊まで出稼ぎに行く職人は珍しくない。

そういう風潮は、長野県でもご多分に洩れない。小西はもともと、出身地である御代田で仕事を覚えたのだが、たまたま隣接県の群馬で、地元の仕事より、数段、率のいい仕事を受けたのに味をしめて、行く先ざきで、次から次へと仕事にありつき、地元には滅多に戻ってこなくなっていたという。

もちろん結婚もしていない。住所も御代田町の実家のままで、あちこちの仕事場を転々としていたらしかった。

その小西が、二年ぶりぐらいに実家に戻ってきたと思ったら、殺された。札ビラを切って、スナックで女にもてていたのが、暴力団の連中を怒らせていたという噂《うわさ》があった。

佐久警察署の捜査本部も、てっきりその方面の事件だとガンをつけて、もっぱら暴力団関係の洗い出しにかかっていた。

だが、暴力団の連中が事件に関わった形跡は、どうしても出てこなかった。

一歩退いて、土地の者の中に、何か恨みを持つ者がいたのではないか——と、そのセンでの捜査に、重点を切り換えたばかりのところであった。

小西が帰郷したのは二月二十三日、まさに、桑江が殺される直前といってもいい時期のことだ。

当然、『ひいらぎ』の死体遺棄事件のことは、テレビや新聞などで知っていたものと考えられる。もちろん、『ひいらぎ』の経営者が、コタローを贈った相手・丸岡一枝であることも、同時に知ったはずだ。

新聞等では、いちはやく、コタローが吠えなかったことから、警察が「顔見知りの犯行ではないか」と疑っていることを報道している。

常識からいえば、そして、彼自身に何も後ろ暗いことがないのであれば、小西はすぐにでも『ひいらぎ』に見舞いに来るなり、場合によっては、警察に通報してくるのがふつうだろう。

自分も含めて、コタローが吠えない相手には、どのような人物がいるのか、小西ほど詳しい人間はいないはずなのだ。

にもかかわらず、小西はついに『ひいらぎ』に現れることをしないまま、死んだ。そのことに意味はあるのだろうか?

小西が殺されたのははたして、小西が桑江の事件に関係していたためなのだろうか？　いや、ひょっとして、桑江殺害の犯人は小西だったのだろうか？　それとも、共犯者がいて、小西はその片割れ、もしくは、メンバーの一人だったのだろうか？

5

魔女人形は十三体、出来上がっていた。

「十三なんて、魔女らしく、不吉でいいわ」

丸岡一枝は陽気に言ってから、思い出して眉をひそめた。

「不吉っていえば、このあいだ、御代田で殺人があったの、知ってます？」

「ああ、そうらしいわね、でも、私には関係ないし興味もないから」

谷田恵美は、実際、興味が無さそうに、作りかけの人形の胴体部分を、かがり針で縫《ぬ》う作業を続けている。

「その殺された人、小西とかいう大工さんなんだけど、びっくりしちゃった。なんと、うちのコタローをくれた人だったのよ」

「へえー、ほんと……」

恵美はようやく、一枝の顔を見たが、一枝が期待したほどには驚いてくれない。さすがに、世の辛酸《しんさん》を嘗《な》めて生きてきた彼女だけのことはある——と、一枝は妙な具合に感心してしまった。

「東京の家の隣で、お店を建築していて、そこで働いていたのがその人なの。いつも子犬を連れてきていて、でも、独り者で、子犬のうちはいいけど、大きくなったら連れ歩くわけにはいかないって、困ってたのよね。それで、私が頂戴って言ったら、ちょうどよかったたって……でも、分からないものねえ、人の運命なんて。このあいだ刑事が来て、偶然、そのこと、分かったたんだけど、その時はびっくりして、心臓が停まるかと思ったわ」

「ははは、オーバーねえ」

「恵美さんはひとごとだと思ってるから、笑っていられるけど……ああ、そうじゃないのか。恵美さんて、人が死んだりするの、慣れっこになっていたんだっけ」

「えっ？　どういう意味よ、それ？」

恵美は気色ばんだ。

「あら、ごめんなさい。私が言ったんじゃないの。ある人がね、恵美さんて、夕張の炭鉱町にいる頃、そういう、なんていうか、悲惨な事故を、何度も見て、経験してるから、精神的に強い人だって、そう言ってたものだから」

「そんなこと言うのは、あの警部でしょう、竹村とかなんとかいう」

「ええ、そう」

「いやんなっちゃうな、私はそんなにしょっちゅう、事故に出会ったわけじゃないわ。最後の大事故の時には、もう夕張にいなかったのだし」

恵美は苦笑した。

「でも、あの警部の言っていることも、ぜんぜん当たっていなくもないわね。たしかに、私は何度か、そういう事故で亡くなった人を見てるし、その家族の悲しむ様子は、もっと沢山、見ている。私だけじゃないわ、ヤマにいた人なら、誰だってそういう地獄みたいな風景と隣合わせで生きていたのだもの。だから、ふつうの人たちよりは、ずっと死に対して不感症になっていると思われるのかもしれない。現に、死体の処理に携わる機会なんて、お医者さんや葬儀屋さんなみにあるわけでしょう。手慣れたものよね」

　恵美は一瞬、ゾッとするような、皮肉な笑みを浮かべた。

「でもね、悲しみはべつ。悲しみには、慣れるということはないんじゃないかな。人が死ぬっていうことは、別れるっていうことでしょう。死んだ人ばかりでなく、家族も別れていくわけ。親しい友人や、子供たちや、時には恋人同士だって、別れなければいけなくなるわ。それがつらいから、なるべく人を愛さないようにしようって、私は心懸けているの。でも、そういうのって、人間嫌いじゃないのよ。人を好きになるのが怖いだけ」

　恵美はかがり糸を、小さな鋏《はさみ》でチョンと切った。

「あの警部は、捜査ということにかけては、なかなか鋭いらしいけれど、人間の……ことに女のことについては、まるっきり分かってないわね。私なんかより、『ひいらぎ』のママのほうが、ずっと強いってことが分からないなんて」

「あら、私が？　どうして？」

　一枝はいきなり自分の名前が持ち出されたので、びっくりして反論した。

「ははは、あなたも分かってないのよね、自分の強さが」

「強くないわ」

「ううん、ほんとは強いわね。だって、あなた、人を――男をって言ってもいいかな――愛したり、溺《おぼ》れたりしたこと、ないでしょう。つまり、怖さを知らないわけ。だのに、あなたは人を愛そうとはしないもの。愛さないで生きていける人だもの」

「…………」

一枝は愕然《がくぜん》とした。自分が強い人間だなんて、これまで、ただの一度だって思ってみたこともなかった。音楽だって、絵画だって、風景だって、美しいもの、優しいもの、可愛らしいものが好きで、いつまでも少女みたいな感性を持っている――と、自分では思っているし、他人もそう思っているみたいだ。

その自分が「強い」だなんて――。

「そんなことない！」と否定しようとして、一枝はしかし、声にはならなかった。その代わり、心のどこかで、もしかすると、恵美の言うとおりなのかもしれない――という声が聞こえた。

長年、友人をたすけて続けていたファッションの事業を捨てて、軽井沢に引っ込むと言った時、友人は「どこかに引き抜かれたのでしょう」と、信じてくれなかった。

しかし、実際に軽井沢の店を見て、安心するとともに、呆れていた。

「よくそんなに、あっさりと、何もかも捨てることができるわねえ」

それがふつうの人間の、いわば常識というものなのだろう。

一見、没頭しているようでいて、どこか、冷ややかに対象を眺めている――という視線を、自分自身に感じることが、たしかに、一枝にはあった。

（それが強いということなら、たしかに、私は強い人間なのかもしれない――）

一枝はぼんやりと、恵美の人形を作ってゆく手元を眺めながら、そう思った。

恵美なら、その手で人を殺すことがあるかもしれない。しかし、一枝は殺すことはしないだろう。

たとえ殺意を抱いたとしても、殺せない——のではなく、殺さない——のである。殺さずにはいられないほどの憎悪とは、それに匹敵するだけの愛情の裏返しなのだ。

（そんな愛情は、今の私のどこを探しても、見つかりそうにないわ——）

一枝は、笑い出したい気持ちで、そう思った。

その時、寝室で電話が鳴りだした。

「あ、いけない、持って来るの忘れてたわ。ね、悪いけど、電話持って来てくれない」

恵美は人形にかがり針を通した恰好の手で、寝室のドアを指さした。

「はいはい」

一枝は気軽に立って、寝室に入った。人形作家の寝室らしく、壁にはいたるところに人形が飾ってある。中には魔女人形まであって、ちょっと異様な雰囲気が漂《ただよ》っていた。

電話はベッドの枕元の小卓の上にあった。赤いコードレステレフォンが、可愛い音を立てている。

電話を取ろうとして、隣にあるフォトスタンドが目に入った。四人の人物が写っている写真だった。どうやら恵美の家族全員らしい。一枝は電話を右手に、写真を左手に持って、元の仕事部屋に戻った。

電話を恵美に渡して、一枝は写真に見入った。

「やだなあ、変なもの見つけてこないでよ」

短い電話を終えて、恵美は苦笑しながら言った。

「ご家族の写真でしょう？」

一枝は訊いた。

「ああ、それ、古い写真なの。私が大学を出た時の記念写真だから」

恵美は照れくさそうに言った。だとすると十数年前の写真ということになる。たしかに古い写真らしい。一応はカラー写真だが、色がいくぶん変わってきている。着ているものも時代遅れだし、恵美自身の顔もずいぶん若い。

「これ、弟さん？」

父親より背の高い青年を指さして、訊いた。

「そうよ、三つ年下」

「かっこいい人ねえ、色白で、彫りの深い顔じゃないの。モテるでしょうねえ」

「らしいわね。それがいいのか悪いのか……」

恵美は一枚の手から写真を取り上げようとした。

「いいじゃないの、ちょっと待ってよ」

一枚は抵抗して、恵美の弟をしげしげと眺めた。

「ハンサムねえ、タレントみたい……」

言いながら、ふと、その顔をどこかで見たことがあるような気がした。


「弟さん、前にここに来たことがある？」

「ないわよ。だいたい、家を出たきり、会ったこともないし、どこにいるのか知らないんだもの」

「あら、それじゃ、消息不明なの？」

「そう。ただ、ここに来てから二度ばかり、電話はあったけど、訪ねて来る気はないらしいの。落ち着くまで、居場所も知らせないって……困った弟ですよ」

出来上がった人形を作業台の上に置くと、今度こそ本気で写真を取り上げて、人形の隣にパタンと伏せてしまった。

「この写真を撮ってまもなく、父が亡くなったし、弟はグレはじめて、大学受験に失敗してからは、家にも寄りつかなくなって……まあ、この写真の頃がわが家の最後の栄光の時っていうことかしらねえ」

（孤独なひとなのね――）

一枝は恵美が泣いているのではないかと思ったが、振り返った恵美の顔に、涙はなかった。その顔を見ているかぎり、恵美には気の強い女――というイメージが相応《ふさわ》しいように思えてしまう。しかし、もしかすると恵美は本質的には自分よりはるかに、情緒的な性格の持ち主なのかもしれない――と一枝は思う。少なくとも、一枝には家族の写真を飾ったりするような趣味はないのだから。

たしかに、恵美が言ったとおり、一枝には人をトコトン愛した経験もない代わり、憎みきったという記憶もない。

（殺してしまいたくなるほど愛するなんて、そんな心理には、私は永久になれそうにないわね――）

そう思った時、ふいに一枝の頭の中に恐ろしい想像が閃《ひらめ》いた。

（そうだわ、恵美さんなら、人を殺せる――）

警察が言ったような、『ひいらぎ』の店の前に死体を捨てに来て、コタローに吠えられない人物としての条件は、大工の小西にも、そして谷田恵美にもある。そのことが、急に気になってきた。

（そういえば――）

一枝はギョッとした。たしか、店の前で死んでいた桑江とかいう男は、北海道の旭川から来たのではなかったか――。谷田恵美のいた夕張と旭川とでは、距離的にどれほど離れているのか知らないが、同じ北海道ということで、何か接点があったとしても、不思議ではないように思える。

一枝は出来上がった人形を持って家に帰ると、古い新聞を引っ張り出して、「事件」の記事を探した。間違いなく、桑江仲男は旭川の人間だった。地図で見ると、夕張と旭川とはそう遠くなさそうだ。もっとも、近いからといって知り合いであるかどうかは分からないけれど、一枝の疑惑はいっそう、深まった。

考えてみると、これだけ親しくしていながら、一枝は谷田恵美の過去について、あまりよく知らない。一枝のほうは結構、自分の家のことを喋ったりもするのだが、恵美はあまり話したがらない。隠すというわけではないが、積極的にオープンにしたくない部分が多いのだろう。家族のことだって、今日、たまたま写真を見つけたけれど、そういうことでもなければ、どういう人たちなのか、永遠に知らないままになっていたかもしれない。

(それにしても、恵美の弟はなぜ居場所を明らかにしないのだろう?――)

一枝はあらためて、そのことが気になった。一般的に言って、身を隠す理由といえば、借金取りに追われているとか、何かの犯罪に関係があるとか、そういったことしか思い浮かばない。

(犯罪者?――)

一枝はドキッとした。

あの女性的といってもいいような、色白のハンサムな青年が、殺人犯だったりしたら――。

そんな空想をめぐらせたとたん、一枝の脳裏に稲妻のように光るものがあった。

「あのひとだわ……」

一枝は思わず声を発して、誰もいない店の中を、無意識に見回した。それから、こわごわと目を閉じて、頭の中のスクリーンに映る男の顔を、もういちど確かめ直してみた。

雨の日――
男はいつもどおりの黒っぽいスーツ姿で、女と相合傘の中にいた。

肉づきのいい女だ。男とは対照的な、赤い部分の多い派手なワンピースを着ていた。

女は歩きながら男にじゃれつき、服装と同じような派手な声で笑った。

男は足の進む先を見つめ、薄笑いを浮かべ、ひと言も喋らない。

細い道だった。相合傘の二人に塞《ふさ》がれる形で、一枝は道端に身を寄せ、立ち竦むように、二人が通り過ぎるのを待った。

男の目が、傘の下からチラッとこちらに注がれ
——

一枝の手が無意識に受話器を摑んでいた。プッシュボタンの上に指を置きかけて、はっと気付いた。


恵美の顔が脳裏をよぎった。

（どうすればいい？——）

問いかける相手を探して、目を宙に彷徨《さまよ》わせた。

壁に並んだ魔女人形が、口許に皮肉な笑みを浮かべて、こっちを見ている。

赤いワンピースの女の哄笑《こうしょう》が聞こえた。

（殺してやる——）

赤い女の下卑《げび》た声から逃れるように、一枝は震える指で、貰った名刺の番号を押していた。

——はい、軽井沢署ですが。

「竹村警部さん、お願いします」

夢中で言いながら、一枝は取り返しのつかないことをしているという後ろめたさと一緒に、体のどこかで、忘れていた殺意を完遂した満足感を味わっていた。

6

軽井沢にも春の気配が深まってきた。四月中旬のある日、竹村警部は吉井、木下という懐刀というべき二人をはじめ、県警から五人、軽井沢署から二人の、総勢、七名の捜査員を率《ひ》き連れて、東京へ向かった。

東京では本郷の、以前、宿泊した旅館を本拠地と定めた。本富士署の捜査本部にいる岡部警部とも、全面的な協力態勢を取ることになった。

そうして、一応の布陣を整えておいて、竹村は丸岡家を訪れた。

一枝の父・丸岡武人は眉根の皺《しわ》を、いっそう深く刻んで、竹村警部の三度目の訪問を迎えた。

「お願いがあって、お邪魔しました」

竹村は神妙に頭を下げた。

「何かね？」

「お宅の裏にある倉庫のような建物ですが、あそこをしばらく拝借したいのです」

「ん？……」

丸岡は意表を衝《つ》かれたとみえて、しばらくは返答が出なかった。

「何だね、それは？」

「張り込みです」

「張り込み？　何を張り込むんだ？」

「お宅の庭つづきに、『三叉路《さんさろ》』という骨董品店のような店があるのは、ご存じだと思いますが」

「ああ、知っておる」

「あの店を張ってみたいと思っております」

「ふーん……」

丸岡は竹村を睨んだ。

「理由は？」

「あの店の建物を建てた大工の一人が、軽井沢の隣町で殺されました」

「えっ？　それはあの、一枚に犬をくれた、若い大工のことか？」

「そうです」

「うーん、そいつは驚いたな……しかし、だからといって、なぜあの店を張る必要があるのだ？」

「お嬢さんの店『ひいらぎ』の前に死体が捨てられた時、なぜかコタローが鳴かなかったのです」

「うん」

「じつは、先日、丸岡先生がお店に来られた時も、コタローは鳴きませんでした」

「当たり前だ。わしはコタローを知っておるからな」

「それはちょっと違います」

「何が違う」

「つまり、先生がコタローを知っていると言うより、コタローが先生を知っていると言うべきなのです」

「ははは、なるほど」

丸岡は、死体遺棄の話をしている最中だというのに、この客に対して、はじめて心から笑ってみせた。どうやら竹村を気にいった様子だ。

「それで……」

竹村が先を続けようとするのを制して、丸岡は笑いながら言った。

「要するに、死体を捨てた人物は、このわしでないとすると、その大工の仕業ではないかというわけだな。いや、分かっておる。まだ何人か、該当者がいる。それはあの建物の建築に関わった者どもだ——と、そういうことだな」

「そのとおりです。恐れ入りました」

竹村は芝居っけたっぷりにお辞儀をした。

「いいだろう、あの倉庫は、現在は書庫として使っているが、裏手の窓は、年に一、二度、風を入れる時以外には、開けたことがない。たぶん、連中も安心しているだろうから、裏手への用心は怠っているかもしれない。自由に使ってよろしい。この家の中もどんどん通行していいぞ」

「ありがとうございます」

竹村はテーブルの上に手をついて、平伏した。

その日のうちに、目立たないように、捜査員が丸岡家に入った。高性能のビデオカメラも導入して、レンズを『三叉路』へ向けて据え付けた。

こんな袋小路の突き当たりに、よく店を作る気になったものだ——と、誰だって考えそうな場所である。

竹村もそう思った。

ただし、通りから小路に入って来る者は、約百メートル近く、店からの視線に晒《さら》されることはたしかだ。暗いシャドウガラスの向こう側は、じっとこっちを窺《うかが》っている眼のあることを、竹村は感じた。

ドアに『三叉路』と、アンティックなロゴタイプを金文字で書いただけで、大きな看板などはない。間口は五メートルくらいだろうか。右脇に細長い駐車スペースがあって、外車が二台、縦に置いてあった。

店の正面中央がドア、その左右が横に細長いショーウィンドウになっていて、イタリアかフランスあたりの骨董品がほんの数点、陳列《ちんれつ》してある。値札のたぐいはない。

それだけだから、何を商う店なのか、それともコーヒーを飲ませる店なのか、さっぱり分からない。そういう超然としたところは、たしかに、どことなく『ひいらぎ』と似通っていなくもない。ただし、『ひいらぎ』には、人を惹《ひ》きつける女性らしい愛らしさがある。ここは、むしろ人を拒絶する冷たさばかりを感じさせた。

　竹村はドアを押し開けて、中に顔を突っ込んだ。頭の上で、ピンポーンとチャイムが鳴った。

「いらっしゃいませ」

　女性の声であった。左奥に人が立ってお辞儀するのが見えた。店の暗さに目が慣れるにつれて、彼女がいつか道を教えてくれた女性であることが分かった。黒地に真紅のバラを散らしたプリント地のワンピース姿が、この店に相応しい。

「あ、いつかはどうも」

　竹村が言うと、女性は「は？」と怪訝そうな顔をした。どうやら、二人の男のことは憶えていないらしい。

「『三叉路』というのは、珍しい名前ですね」

　竹村は珍しそうに、店の中をグルッと見回して、言った。

　小さな店である。まさに『ひいらぎ』と同じ程度の狭さだ。そのことはいいのだが、陳列している商品が、まるで少ない。壁に埋め込みになっている棚に、ちっぽけな彫刻や陶器、人形といったものが、ポツンポツンと置いてあるだけだ。洒落《しゃれ》ているといえば洒落たディスプレイなのだろうけれど、これでは、お客に何を売るつもりなのか、そもそも、商売をする気があるのかどうかさえ、疑わしく思えてしまう。

「こちらは何を売る店ですか？」

　竹村は不遠慮に訊いた。

「はあ、そこにございますような、外国の骨董品類を扱っております」

「ああ、やっぱりそうですか。ウィンドウに飾ってあるものが、そうみたいだから……しかし、これで品物は全部なんですか？」

「まさか……」

女性は小さく笑った。

「ほとんどご注文をいただいて、仕入れるようにしていますけれど、お客様のお好みをお聞きして、それに見合ったものを海外で選んで参ります」

「はあ、なるほど……そういう商売もあるのですか。それも円高のお蔭ですかねえ」

「そうかもしれませんけれど……あの、お客さまは何か？……」

「いや、ですからね、どういう物を売っているのか、興味があったもので……しかし、ここじゃ商売にならないんじゃないですか？　あまり人が通るとは思えないし」

「ええ、うちはフリのお客さまはほとんどございませんの。ここをオフィスにして、いわゆる外商のように、お伺いしてご注文をいただいたり、お電話でご注文を承《うけたまわ》ったりが主ですので」

「そうですか、なるほどねえ」

竹村は感心したように、大きく頷いた。

「それで、あなたがご主人ですか？」

「いいえ、まさか……」

女性は微笑した口許の前で、手を振ってみせた。

「もしよければ、名刺をくれませんか。私はこういう者ですが」

竹村はポケットから名刺入れを出した。「長野市三輪――宮沢友雄」という、架空の名刺だ。

女性も机の引き出しから名刺を出した。

「どうぞよろしく」

肩書はなく、「永井薫《ながいかおる》」という名前だけが印刷されていて、裏面に『三叉路』の社名と住所が小さく刷り込んである。

その時、店の正面のオフィスのドアが開いて、男が一人、出てきた。四十五、六歳だろうか。体つきもがっちりしているが、日焼けした精悍《せいかん》な顔だ。手にアタッシェケースを提《さ》げ、竹村に黙礼を送っただけで、無言のまま、体を斜めにして店を出て行った。

「あの方がご主人？」

「いえ、社長はいま、海外へ買い付けに参っておりますので」

「じゃあ、社員の方ですか。なかなか強そうな人ですねえ。社員は何人くらいいるんですか？」

「契約の人が多いですから、私にも正確な人数は分かりません」

女性の眼に、警戒の色が浮かんだ。

「あの、ちょっと片づけがございますので、もし、ご用事がなければ、これで失礼させていただいてよろしいでしょうか？」

はっきりと追い出しを宣言された。

じつは、最前の男を含め、この店に出入りする人間はすべて、捜査陣は把握しつつある。丸岡家の倉庫に設置したビデオカメラは、『三叉路』の店の向こうまで見通し、小路をやって来る人物も捉えている。

カメラを設置してから一週間で、ちょうど七人の男が出入りした。――といっても、一日に一人というわけでは、もちろんない。人によってマチマチだが、日に二度三度とやって来る者もいれば、一週間のうち、一度だけしか現れない者もいた。

その顔触れが、全部で七人というわけだ。いずれも頑丈そうな男ばかりだが、意外にも、若い男は一人もいなかった。そう、ちょうど桑江や安原と同年齢程度の、いわば中年男ばかりである。

その中には「社長」はいなかった。

社長の名前は「青野《あおの》弘之《ひろゆき》」。この土地の所有者であった。七十五歳の老人で、海外への買い付けどころか、世田谷の自宅で、ほとんど寝たきりの生活である。これまでの調べで分かったところでは、永井薫はもともと青野の女だった。青野はほとんど個人経営といっていい貿易商を営んでいたが、数年前に脳卒中に見舞われ、以後、経営は薫の手に委《ゆだ》ねられ、さらに三年前に薫は永井《ながい》満良《みつよし》と結婚した。

現在、実質的なオーナーが永井であることは分かっている。つまり、店番をしている永井満良の本籍、現住所とも『三叉路』のある住所になっているが、転籍前の永井の本籍地は「北海道夕張市」であった。その事実を見た時、捜査員たちは、一様に感慨深い溜め息をもらしたものである。

税務署への申告によれば、『三叉路』の年間売上高は五千三百万円余り。経常収支はトントンに近い黒字——ということになっている。粗利のかなりの部分が、海外出張費に使われているらしい。その割に人件費が異常に少なかった。あのかっこいい連中が、存外な薄給に甘んじているのである。

「それにしちゃ、いいもの着ているよなあ。靴だって、あれは舶来だぜ」

竹村は自分の一張羅を嘆きながら、木下に言った。

「あの服も必要経費で落としているのかね。だったら、われわれもそういうふうに、法律を改正してもらいたいよなあ」

そういう男どもの出入りを写したビデオテープは、毎日のように検討された。

二週間を経過してみて、一つの推論に到達した。ごくまれにやって来る中年男は、どうやら、ほかの社員とは立場が違うらしい。つまり、外部の人間と考えてよさそうだ。そして、その男が来た翌日から、ほかの連中の動きが、俄然《がぜん》、活発になることも分かった。

明らかに、その男が「何か」を運んで来て、それを受けて、ほかの連中が動き出していることは間違いなかった。

7

ゴールデンウィーク初日。海外へ脱出する若者たちや家族連れ、団体客で、成田空港はごった返していた。だが、それとは逆に、到着ロビーは嘘のように空いている。

香港からの便が到着してまもなく、四人の男を乗せた白いベンツが空港駐車場を出て行った。トランクルームには四個の大型のスーツケースが積み込まれた。

「チェックはどうでした？」

助手席の男が振り返って、訊いた。

「いつもと大して変わりはないが、一個だけオフィスに持ち込んで調べやがった」

帰ってきた二人のうちの、いくぶん年長のほうの男が言った。

「一瞬、ドキッとしたけど、そのまま戻して寄越した」

「何をしようとしたのですかね？」

助手席の男は首をひねった。

「さあな、中に何が入っているか、確かめようとしたのだろう。しかし何も入っちゃいねえからな」

「そうですね。かといって、まさか、陶器をぶち割るわけにもいかないでしょうしね」

運転している男を除く三人は「ふふ……」と、低く笑った。

「後ろの車、ちょっと気になるんですが」

運転の男が言った。

「ずっと尾《つ》けているようで……」

ほかの三人はいっせいに背後を見た。白っぽい国産車が等間隔でついてくる。

「少しスピードを上げてみたらどうだ」

「いや、スピード違反はやばいから、逆に落としてみますよ」

速度が落ちた。後ろの車はぐんぐん接近し、やがてウィンカーを出して、追い抜いて行った。中に男が二人、何か笑いながら話していた。

「べつにどうってこと、ないじゃねえか。疑心暗鬼っていうやつだな。ビクビクすることはねえよ」

しかし、追い抜いて行ったほうの車は、その時、仲間の車に、追跡のバトンタッチを依頼する無線を発していた。まもなく、第二の車が、さっきよりは少し間合いを取って、白いベンツの追尾に入った。

ベンツは、高速が詰まりはじめた錦《きん》糸町《しちょう》で下りて、一般道路を走りだした。それも予測どおりであった。第三、第四の車が、逐次、追尾を交代する。

ベンツはほぼ予想された時間で、『三叉路』に到着し、駐車場に収まった。すでに夕景であった。

店の中から二人の男が出迎えて、重い荷物を運び入れた。運転の男が最後に店に消えるのと同時に、小路の入口から、背中を丸めた竹村警部と、ヒョロリとした木下刑事が、のんびりした足取りで『三叉路』に向かった。

たぶん、神経質になっている店の連中のことだ。この怪しげな二人の闖入者《ちんにゅう》に、全員が気を取られているにちがいない。

二人が歩きだしたのを合図のように、背後の丸岡家の庭から、塀を越えて次々に男たちが現れた。

岡部警部の指揮のもと、全部で二十三名。屈強な男ばかりである。全員が念のために短銃を携行している。

竹村と木下が店の前に立って、ドアを開けるのを待って、捜査員はいっせいに配置についた。店の裏のドアをはじめ、窓という窓を、厳重に監視下に収めた。

「お邪魔します」

竹村は緊張を笑顔で包んで、店の中に入った。つづいて木下、さらに吉井以下六名の捜査員がドヤドヤと入った。

「何事ですか？」

例の女性が脅えた叫び声を挙げた。

ほかの男たちはオフィスに潜んでいるのだろう、姿はなかった。

「関税法違反ならびに麻薬取締法違反容疑で家宅捜索します」

竹村は型どおりに令状を読み上げた。捜査員が竹村の脇から前進し、オフィスのドアを引き開けた。中の男のうち五人は中腰になったが、一人だけ、中央の男だけは、悠然と肘《ひじ》掛け椅子に座って、煙草をくゆらせている。

「そのスーツケースの中身を、調べさせてもらいますよ」

竹村が穏やかな口調で言った。

「どうぞどうぞ。もっとも、それはさっき、空港でチェックずみの物ばかりですがね」

「ええと、あなたはどなたですか?」

「私ですか、私はここの責任者、永井満良ですよ」

「そうですか、私は長野県警の竹村という者です」

「長野県警?……」

永井は眉をひそめた。

「早速ですが、このスーツケースの中身は何ですか?」

「イタリア製の陶器類ですよ。骨董品ですな。そう安くはない物ばかりだから、取り扱いだけは注意してくださいよ」

永井はそう言って、部下たちに「おい、スーツケースを開けて差し上げろ」と、顎《あご》をしゃくった。

部下は不安げに、しかし言われたとおり、スーツケースを開けた。どれにも、柔らかな紙や布で、何重にもしっかりとくるまれた陶器が詰まっている。捜査員は梱包《こんぽう》を一つ一つひろげて、陶器をテーブルの上に並べた。

「念のためにお訊きしますが、この陶器の中には何も入っていませんか?」

竹村は言った。

「入ってませんよ。嘘だと思ったら、中を覗いてみたらどうです?」

永井はうそぶいた。当然のことながら、陶器の中は空っぽである。しかし、竹村はニヤニヤしながら、言った。

「じつはですね。先程、空港の税関事務所で、ここにある陶器をレントゲン照射によって調べたのですよ」

「…………」

　永井とほかの男どもの表情に、大きなショックが走った。

「その結果、陶器は二重構造になっていて、中に何か粉末状のものが詰まっていることが分かりましてね。それで、急遽《きゅうきょ》、麻薬の疑いあり――ということになったのです」

「そんなばかな……第一、陶器がレントゲンで調べられるわけがない。もっとましな嘘をつけ」

「嘘だと思うなら、一つ、割ってみましょうかね？」

「冗談じゃない、それはどれも高価なものばかりで、しかも、二つとない文化的価値の高いものばかりなんだ。注文主も決まっているし、中には代議士先生からの注文の品もあるし、もし割ったりしたらたいへんなことになるぞ！」

　永井は怒鳴るような声を出した。

「まあいいじゃないですか、一つぐらい」

　竹村は気軽に言って、陶器の一つを手に取ると、「やめろーっ」という永井の絶叫を尻目に、ストンと床に落とした。

　縦三十センチ、胴回りが四十センチほどのずんぐりした壺が、足下でパカンと、間抜けな音を立てて割れた。破片は大したことはなかったが、白い粉末の入ったビニール袋が、ベタッという感じで現れた。

　永井は椅子の背凭《もた》れにのけ反《ぞ》るように、座り込んだ。

「やはり出ましたね……」

竹村は感慨深げに白い粉末の袋を眺め、それから六人の男どもを眺めた。

「これが、追分節同好会夕張支部のなれの果てですか」

誰もものを言う気にはなれないらしい。吉井と清原は、その時、彼らの中から、声のない鎮魂の歌が聞こえてきそうな気がした。

だが、聞こえてきたのはしのび笑いであった。

「クックッ……」という、気門をこじ開けるような無声音が、少しずつ大きくなってゆく。

部屋中の目が声の出る方向へ、物憂く向いた。

六人の中のもっとも年若の男が、肩を揺すって、苦しそうに笑いを堪《こら》えていた。

「ええと、あなたは谷田幸雄さんでしたね、谷田恵美さんの弟さんの」

竹村警部は静かな口調で言った。

「そこまで調べてあるんじゃ、もうどうしようもないみたいだな」

谷田幸雄は笑いを目元に残して、呟いた。

「そうか、やっぱりおまえがサシたのか」

永井が憎悪に満ちた目で谷田を睨んだ。

「ばかな……おれはボスと違って、仲間を売ったり殺したりはしないよ」

谷田は冷ややかな目で、永井の視線を弾き返した。

「いつかはこうなると思っていたが、存外、早くやってきたものだな。黒い石を掘っていた無骨な手で、白い粉を扱うのは、所詮、無理だったたってことか。だからあれほど言ったのに……と言いたいところだが、おれも結局のところ、この商売を捨てきれなかっただろうね。一度始めたら最後、止められないのがこの商売だ。まったく麻薬みたいなものだからね」

　谷田は自分の駄洒落が気に入って、声を立てて笑った。

「だから、ボスは何も、おれの足抜きを心配することなんかなかったんだ。だいたい仲間を信用できなくなったら、際限なく疑心暗鬼に陥ってしまうもんだ。あんたは完全にビョーキだったよ。でなければ、桑江をいきなり殺《や》ってしまうわけがない……」

「やめろ、ばか！……」

　永井は真っ青になって、怒鳴り、谷田に飛びかかった。刑事が三人がかりで永井を抱き止めた。

「いや、いまさら口を封じても、もう遅いのですよ、永井さん。あなたに対する逮捕令状は二種類用意してあるのです」

　竹村は内ポケットから令状を出した。

「一つは関税法違反容疑ならびに麻薬取締法違反容疑ですが、もう一つは桑江仲男および安原耕三に対する殺害ならびに死体遺棄容疑です。一応ご覧になりますか？」

　広げた令状を永井の目の前に突きつけたが、永井はそっぽを向いた。

「もっとも、ほかの皆さんにも、右の罪名と同じ共犯容疑で逮捕令状を取ってありますがね」

「ふふふ……これはいい」

　谷田はまた低く笑った。

「しかし、刑事さんよ、桑江と安原を殺ったのはボスとその女で、ほかの者たちは死体遺棄を手伝わされただけだよ」

「なるほど、すると、桑江さんはやはり、ここで殺されて、死体を軽井沢まで運んだというわけか」

「ああ、そうだよ」

「しかし、なんだって……殺した理由は？」

「ん？……」

さすがに谷田は逡巡《しゅんじゅん》した。

「なんだい、もう取り調べを始めるのか？」

「いや、正式な事情聴取は署でやるが、もし話してもらえるなら、ぜひ聞いておきたいものだと思ってね。野次馬根性というものかな」

「ははは、野次馬か……おかしなことを言う刑事さんだな」

谷田は笑顔を急に消して、平板な口調で話した。

「桑江はここまで来て、この『店』に入る話が決まってから、仕事の内容を聞いて断ったんだそうだよ。おれはその時、ここにはいなかったが、仲間の話によると、桑江は安原から、まだ詳しいことを聞いていなかったらしい。ボスはそれと知らずにヤクのことを喋った。桑江は驚いて、冗談じゃないと怒った。なんでも桑江の奥さんは、ヤクザに麻薬漬けにされて、ヤクザのところへ走ったのだそうだ」

重苦しい沈黙が流れた。それを破って、竹村が静かに言った。

「死体をわざわざ軽井沢に捨てたのはなぜだ？」

「その理由は二つある。一つは、桑江のポケットに軽井沢までの切符が入っていたことだ。ボスはそれを見て、はじめは慌てた。桑江が軽井沢で誰かと会うことになっていると思った。もし桑江が行かなければ、相手が騒ぎだして、警察に捜索願を出すにちがいない。そうなったら、この付近に目撃者が現れないともかぎらない。とにかく、死体でもなんでもいいから、桑江を軽井沢まで届けてしまわなければならないと考えたわけだ。そうすれば、とりあえず、ここは捜査の枠の外にいられるし、場合によっては、軽井沢で会うはずだったヤツに容疑が向けられるだろう。なかなかの妙案だったと思うよ」

「なるほど、たしかに妙案ですね」

竹村はなかば本気で感心した。とっさの際に、しかも予想外の「切符」の出現を逆手に使う発想は、なかなか見事なものだ。近頃は推理小説マニアが増えて、犯罪の手口もますますややこしくなる、困った傾向だと苦々しくも思った。

「ところで、二つあるという理由の、もう一つの理由とは、何です？」

「ははは……」

谷田は顔をしかめて、乾いた笑い方をした。

「これはじつにばかげた話だよ。ボスは、おれの足抜きを警戒して、姉を脅せば、おれが逃げ出すのをストップできると考えたわけだな。たしかに、それは効果的な方法だったかもしれない。もっとも、さっき言ったように、おれ自身には足抜けの気持ちなんか、ありはしなかったのだがね」

「なるほど、しかし、それならどうして谷田恵美さんの家の前に死体を遺棄しなかったのかな？」

「だから、それがばかげた話なんだよ。ボスはおれの姉のところに捨てたつもりなんだ。つまり、姉は軽井沢の追分で魔女人形を作っているというおれの話を、生半可に聞いて、てっきりあの『ひいらぎ』とかいう店がそこかと勘違いしたっていうわけだ。去年、ボスの奥さんが軽井沢に避暑に行って、追分にそういう店があるっていうことを聞いていたのだそうだよ。まあ、たしかに、あの辺で魔女人形なんか売っている店は、ほかにあるわけがないものな」

谷田は、気の毒そうに赤いバラの服を着た女を眺めた。

「安原さんを殺害したのは、桑江さんの事件のことで揉《も》めたためなのかな?」

竹村は訊いた。

「ああ、さすがだな。まさにそのとおりだ。安原はその頃、ヤクの取り引きで長崎に行っていた。帰ってみたら桑江が殺されたというので、怒った。ものすごい剣幕だったな。安原としては桑江の気持ちを確かめた上で、話をするつもりでいたのだ。ボスが勝手にヤクの話をしたことが原因だと知って、許せないと怒鳴った。泣きながら怒った。安原にとって、桑江は盟友だったのだな。いまの時代じゃ信じられないような話だが、そういう友だちというのは、実在するのだ。もっとも、おれには理解できないがね。カネ以外に、人間同士の絆《きずな》になるものがあるなんてことがさ」

谷田はいったん口を閉ざして、少し間を置いてからつづけた。

「しばらくして、安原の気持ちが静まったところで、ボスは安原にコーヒーを勧めた……安原はあっけなく死んだ……」

「なるほど、そうすると犯行場所はここで、八百屋お七の墓の前の、安原さんが地面を掻きむしった痕《あと》は、偽装工作だったわけか」

「そうだよ。ついでに言えば、死体を棄てた頃には雪が積もっていてね、それで、死体の下になる所の雪を、ヤカンの湯で消したんだ」

「なるほどねえ、なかなか芸がこまかいな」

「話すことはこれだけだよ。あとは他の者に訊いてくれ」

「もう一つ、大工の小西さん殺しについて聞かせてくれないかな」

　竹村は粘っこく訊いたが、谷田は喋りすぎたのを後悔するのか、これ以上は何を訊かれても、金輪際《こんりんざい》、話すものかという顔であった。

「まあいいか、聞かなくても想像はつくからな」

　竹村は苦笑した。

「小西さんは『ひいらぎ』の犯人が誰か、察しがついたのだろうね。なにしろ、コタローが鳴かなかった上に、『ひいらぎ』が丸岡さんの店と分かれば、『三叉路』の連中と結びつかないわけがない。もっとも、何があったのかは小西さんには分からない。で、小西さんは『三叉路』に探りを入れ始めた。ひょっとすると暗に恐喝《きょうかつ》を匂わせたのかな？　それでまた殺戮《さつりく》が行なわれたというわけだ。殺しも麻薬と同じで、止められなくなるというわけでもないだろうにな」

　話しているうちに、竹村の表情から笑いが消えた。抑《おさ》えようのない怒りが込み上げてきた。

　竹村は連中の生気のない顔に背を向けると、捜査員に向かって「連行しろ」と言った。

エピローグ

本富士署で丸一日事情聴取を行なったあと、容疑者全員が現場検証のために軽井沢署へ護送《ごそう》されることになった。

帰還を前に、竹村は岡部警部の案内で、本郷追分の高崎屋に挨拶に寄ることにした。

パトカーを断って、竹村は歩いて行こうと岡部を誘った。五月の東京の街を歩いてみたいと思った。軽井沢とは較べようもないが、珍しく空は晴れて、風が爽《さわ》やかだった。

大学では何かの祭りがあるのだろうか、門内にさまざまな模擬《もぎ》店のようなものが見える。竹村の耳には騒音としか聞こえないような音楽が流れ、銀杏《いちょう》並木の下を学生や父兄らしい人々が行き交う。

雑然とした空気は表の通りまで溢《あふ》れ出していた。

竹村はしばらく足を止めて、学生たちの浮かれ騒ぐ光景に見惚《みと》れた。

「この連中と同じ歳の頃、谷田幸雄は夕張を出たのですなあ」

ポツリと言うのを聞いて、岡部は眩《まぶ》しそうな目をしたが、何も言わなかった。

竹村もそれきりで、踵《きびす》を返すと、俯《うつむ》きながら歩きだした。

「そうそう、逮捕の際、陶器を割ったという話を聞きましたが」

岡部が言った。

「あれはいい度胸でしたねえ。かなり高価な品だとかいうことじゃないですか。もし、割った陶器から何も出なかったりしたら、どう処理するつもりだったのですか？」

「ああ、あれですか」

竹村は空を見上げて、笑った。

「なあに、あれは手品ですよ。安物の陶器を焼いてもらって、中にビニールの袋を詰めたのです。袋の中身は、あれは小麦粉ですよ。それを税関に頼んで、スーツケースの中に紛れ込ませてもらったのです。ひどいインチキだが、やつらは度胆《どぎも》を抜かれて、あっさりゲロしちまいました」

「あははは、なるほど……」

岡部はおかしそうに笑った。

「しかし、相変わらず竹村さんの捜査はみごとなものですね。圧倒される想いがします」

「よしてくださいよ。岡部さんにそう言われると、尻の穴がムズムズします。またまた岡部さんに助けられて、借りが増えました。それに……」

竹村は浮かない顔になった。

「たとえ連中が全部ゲロしたところで、いまとなっては、どうしても解けない謎が残っているのです」

「ほう、何ですか、それは？」

「桑江仲男がなぜ、軽井沢までの通し切符を持っていたのか――ということです」

「なるほど……」

「その理由は、安原が知っていたかもしれないが、それを確かめようがありません」

「私には分かるような気がしますが」

岡部は遠慮がちに言った。

「えっ？　ほんとですか？」

「いや、そうは言っても、もちろん想像でしかありませんがね。桑江はもう一度、追分節の源流を訪ねて、信濃追分へ行ってみたかったのではないでしょうか。東京へ行ったら、ついでに信濃追分へ行こうというのは、桑江の上京の一つの目的であったのかもしれません。それに、旭川から通しの切符を買えば、かなりの割り引きになるのじゃないかな。わずかばかりの金額だが、そういうつましさが、私には分かるような気がするのですよ」

「へえーっ……」

竹村は感嘆の声を発して、信じられない目で、岡部の顔をまじまじと見つめた。

「違いますかね？」

岡部は当惑げに言った。

「いや、そうじゃないですが……」

竹村は慌てて視線を逸《そ》らせた。

岡部というエリート警部の口から「つましさ」などという言葉が出たことに、ちょっと感動を覚えていた。

「それにしても、今度の事件には、妙な具合に追分が絡みましたねえ」

ゆっくり歩きながら、竹村は感慨深げに言った。

「安原が長崎から店に戻ってきた時のことですが、安原は週刊誌の『追分節コンクール』の記事を桑江に見せようと、雨の中を勇んで帰ってきたらしい。ところが、そう言って、仲間に桑江の行き先を訊いたら、なんと、すでに殺されていた。しばらくは茫然自失の状態だったそうですよ。おまけに、死体のほうは信濃追分に運ばれたというのだから、なんとも皮肉な偶然だったわけです」

東大農学部前の横断歩道で、信号待ちをしていて、高崎屋の店先に「本日休業」の札がぶら下がっているのに気がついた。

「やれやれ、酒屋までゴールデンウィークですか」

岡部と竹村は顔を見合わせて、苦笑した。

「まったく、刑事には休みなんて、まるで縁がないですねえ」

岡部はボヤキを言った。

「その代わり、カミさんはいつも休み同然です」

竹村は陽子の呑気そうな顔を思い出して、ほんのちょっぴり、ホームシックを覚えた。

「この道を行くと、信濃の国ですか……」

追分の分岐点に立ち、高崎屋の脇へ、少し下りぎみに行く旧中山道を目で辿って、竹村は急に帰心に誘われた。

参考文献

『東京のなかの江戸』　加太こうじ
『追分節考』　小宮山利三
『夕張炭坑節』　戸田れい子
『文京の文化史』　文京区教育委員会
『誠之百年』　文京区立誠之小学校

自作解説

本書『追分殺人事件』は僕の四十番目の長編小説で、一九八八年に刊行されました。この年は十一作品（長編は十作品）十三冊を上梓するという、もっとも多作な時期でした。『天河伝説殺人事件』『隠岐伝説殺人事件』『恐山殺人事件』『津軽殺人事件』・『江田島殺人事件』などはこの年に出ています。どれも比較的重厚な作品で、執筆活動がもっとも盛んだった時期といってよさそうです。

長編十作品のうち九作までは「浅見光彦シリーズ」で書かれていることからも分かるとおり、僕の作品の主流は「浅見光彦シリーズ」に固定しつつあった時期でもあります。事実、これ以降、「浅見光彦シリーズ」以外の作品が登場するのは、『湯布院殺人事件』『釧路湿原殺人事件』の二作だけです。この二作は「和泉夫妻」が主人公の「フルムーン探偵シリーズ」として書かれたものですから、つまり「竹村・岡部」両警部が主役として登場する作品は『追分殺人事件』が最後（一九九八年一月現在）となっています。

竹村も岡部もデビュー作『死者の木霊《こだま》』で登場した、いわば僕の素人時代からの探偵役です。『死者の木霊』では竹村が主人公を務め、東京、長野、新潟、青森、三重を結ぶ壮大な完全犯罪に挑みました。

竹村は長野県飯田警察署の部長刑事で、飯田市郊外にある松川ダムに浮かんだバラバラ死体の謎を追います。容疑者が自殺を遂げたことによって、県警も警視庁も解決宣言をしたにもかかわらず、竹村だけが真相はほかのところにあると信じ、単独で過剰とも思える捜査を行い、あげくの果てには職権濫用で処分されます。しかし竹村は逆境にも挫《くじ》けず、単独捜査にのめり込み、ついに意外な真相を解明するのです。

岡部は『死者の木霊』では警視庁の警部補として竹村を助けますが、都会人らしいクールな性格で、竹村のように泥塗《まみ》れになって事件に立ち向かうことはしません。したがって、『死者の木霊』ではあくまでも脇役として登場しています。岡部が名実ともに主役を務めたのは第四作目の『「萩原朔太郎」の亡霊』です。萩原朔太郎の詩に描かれた不気味な風景に暗示されるような連続殺人事件を追って、いかにも岡部警部らしい、明敏な推理を働かせます。

その後、竹村は『戸隠伝説殺人事件』（一九八三年）、『「信濃の国」殺人事件』（一九八五年）と『北国街道殺人事件』（一九八七年）に登場します。岡部のほうは『シーラカンス殺人事件』（一九八三年）、『倉敷殺人事件』（一九八四年）、『津和野殺人事件』（一九八四年)、『「横山大観」殺人事件』(一九八五年)、『十三の墓標』(一九八七年)に主役あるいは脇役として登場しました。また、『軽井沢殺人事件』(一九八七年)では竹村と浅見光彦が共演し、さらにその因縁から、『沃野の伝説』(一九九四年)でも竹村と浅見は連携して難事件を解決しました。

浅見光彦倶楽部や読者の集まりなどで、よく言われることに「竹村や岡部はもう書かないのですか?」というのがあります。浅見光彦シリーズも好きだが、竹村や岡部も好きだという人は多く、ぜひ彼らの活躍を見たいというものです。じつは僕としても竹村、岡部を登場させたいとは思っています。何といっても彼らは『死者の木霊』以来、僕の盟友であったのですから。また、竹村と浅見は共演したのに、岡部と浅見は共演させないのかという注文もあります。

竹村と岡部は、二人とも優秀な警部ではありますが、前述したように、性格的には対照的です。竹村の泥臭いのに対して、岡部はスマートです。竹村と浅見のコンビは、おたがいが相手の欠けている点を補いあうような長所がありますが、岡部のイメージは、どことなく浅見のそれと共通するところがあるような気がしませんか? それが二人の共演を敬遠する理由なのです。

『追分殺人事件』以降十年近く、竹村も岡部も登場の機会に恵まれていません。何度となくチャンスはあって、僕も今度の作品は竹村か岡部のどちらかで——と考えたりもしたのですが、出版社からは、ぜひいまをときめく人気探偵の浅見光彦で——と強く希望されます。「クビがかかっている」などと脅されると、気の弱い僕は到底、逆らえません。それに、浅見光彦は自由人として、行動を束縛されることがありません。たとえば竹村ですと、原則としては長野県内で起きた事件でしか活躍できませんが、浅見なら全国どこへ行っても事件に遭遇することが可能です。この点が竹村、岡部にとっては、もっとも不利な制約になっているのです。

さて『追分殺人事件』はいかがでしたか。この「自作解説」を書くために、しばらくぶりで本書を読んでみて、けっこう引き込まれました。身元不明の二人の男のルーツを探し求める旅の途中、いろいろな人生をかいま見るのですが、その過程がとても面白い。自分で言うのは気がひけますが、解説者として言わせていただくなら、内田康夫のミステリーがひと味違うのは、こういうところにある、という気がしました。「追分」というキーワードで結ばれたいくつかの土地の情景を含めて、いろいろ考えさせられることも多かったです。「追分というのは道ばかりでない。人の運命の分かれ道でもあった（第五章　人形の家）」という老人の述懐が、全編に流れる陰影に満ちた悲しい気配を暗示しています。

ところで、東京大学前にある本郷追分の三叉路を、日本橋方面から来て左折すると旧中山道に向かいますが、直進すると浅見光彦の家があり僕の出生の地でもある北区西ケ原に達します。したがってこの辺りはもともと、僕には土地鑑がありました。また、軽井沢の追分宿はまさに現住所のようなものです。この二地点が中山道で結ばれていることを考えているうちに、この物語を思いつきました。日本中にある追分に共通しているのは、悲しい別れにちがいない——と思い、それをテーマに据えることにしたのです。

追分は旅人に右に行くか左に行くか、意志の決定を迫ります。人生の岐路も追分によく似ています。しかも、こちらは一度選んだら後戻りはできない。道を踏み迷ったり、壁にぶつかったり、泥沼にはまりこんだり、傷ついたりしながら、ひたすら前に向かって進むほかはない。悔いや悲しみを抱えながら歩みつづけるか、前途に悲観して、道半ばにして歩くことをやめるか。次の追分に期待と希望を抱いてゆくか——この物語の登場人物は、それぞれが重い荷物を背負って、追分の三叉路に佇み、やがて運命の分かれ道を踏み出したのでした。

一九九八年一月　　　　内田康夫

追記

一九九八年一月に書かれた「自作解説」では、本書『追分殺人事件』をもって竹村、岡部両警部が主役として登場する作品は終わった――と書かれていますが、確かにその後、『浅見光彦シリーズ』が主流となったため、二人の活躍する作品は希少となってしまいました。

とはいえ、まったく消えたというわけではなく、じつはその後もいくつかの作品で彼らの英姿（？）を見ることができます。

『沃野の伝説』（一九九四年）では浅見と竹村警部が、『貴賓室の怪人「飛鳥編」』（二〇〇〇年）では、豪華客船「飛鳥」船上で、浅見と警視になった岡部が競演しています。また最新作『長野殺人事件』（二〇〇七年五月刊行）は長野県を舞台にした作品だけに、長野県警の竹村警部に浅見が協力する形で事件を解決します。

竹村・岡部が最初に登場したのは僕のデビュー作『死者の木霊』（一九八〇年）ですから、すでに二十七年の歳月が流れようとしています。作家と読者は歳をとったが、浅見も竹村も岡部も、ほとんど変わらない。何とも羨《うらや》ましいかぎりです。

この作品の舞台の一つになっている東京都文京区の追分も、長野県軽井沢町の追分も、さほどの変化はありませんが、北海道夕張市はこのところ、財政逼迫《ひっぱく》で大きなニュースになりました。『追分殺人事件』が書かれた頃は、炭鉱閉山後の経済振興策として、炭鉱を記念する博物館のようなものが企画されていたと思います。その程度にとどめておけばよかったのでしょうが、次々に遊園地やミュージアムのようなものを建設して、ついに破綻した。人間の欲望と愚かさを物語る、この小説のような悲しい顚末ではありました。

二〇〇七年三月

＊二〇〇七年のジョイ・ノベルス版刊行にあたり、双葉社の完全愛蔵版から「自作解説」を再録しました。またその際、著者が「追記」を加筆しました。（編集部）

信濃のコロンボの魅力

美村里江
（女優・エッセイスト）

「私達の心には物語世界の〝理想の警察官〟が居るよねぇ」

警察署からの帰り道、友人がぽつりと漏らした一言だ。とある被害に遭い、警察へ事情を話しに行かねばならないが心細いということで、頼まれて付き添っていた私も思わず頷《うなず》いた。警察官の方々は現実的なラインでしっかり対応をしてくださった。しかし、どうしても夢想してしまう。話を聞いてくれたのが、物語の中の、あの警察官達であれば……。

この時、私が理想として真っ先に思い浮かべたのが、「竹村岩男」である。

何年も前の出世祝いのレインコートを大事に着続け、どんな立場の人とも真剣に対峙《たいじ》し、こつこつと捜査を進める努力型の現場主義……。彼が話を聞いてくれたら、手続き上同じ結果でも、被害者である友人の表情はもう少し晴れた気がするのだ。（岡部警部も申し分ない警察官だが、そのハンサムさで友人が緊張しそうなので適任とは言い難い。）

今回は、妻である竹村陽子を演じた6代目の役者の視点から、「信濃のコロンボ」の魅力を書いてみたいと思う。

ご存知の通り映像化も多い内田康夫作品群。私の把握漏れがなければ、代表作の浅見光彦シリーズは、放送局を変えながらこれまで11名の役者が演じている。対して竹村岩男を演じた役者は、6名。

単純に半分程度、と思いきや、原作の浅見シリーズが110作を超え、竹村シリーズが純粋には5作であると知れば、印象は覆る。浅見光彦は大変魅力的なキャラクターで研究会があるのも納得だが、少ない原作数にも拘《かか》わらず映像化が続く竹村岩男には、別の魅力があるのだ。

閃《ひらめ》きはあれどスーパーマンではない人間が、額に汗して諦めず進み続ける様子は、歳《とし》を重ねるほどに格好良さがわかる。時に「粘っこい」とまで評される捜査への執着により、映像では段階的な場面を作りやすく視聴者への説得力も増す。また、リラックスと緊張を自在に行き来して事実を聞き出す対話術も、演出映えする部分といえるだろう。

演じる役としても竹村岩男は腕が鳴る。「一見平凡だが実は非凡」という、矛盾した威力を双方向に持ち続ける必要があるからだ。複雑な表現を求められるのは、役者として嬉《うれ》しいものであり、6代目竹村岩男を演じた伊藤淳史さんも、「新・信濃のコロンボ　追分殺人事件」では色々工夫されていたと思う。

特に終盤、事実を隠そうとする犯人に対し「貴方《あなた》の信念は認めます。ですが、嘘《うそ》は認めません！」と詰め寄るドラマオリジナルの台詞《せりふ》に、伊藤さんの思う信濃のコロンボ像が詰まっていたと感じる。

映像化する際どうしても多くの改変が行われ、本好きの私は原作贔屓《びいき》になりがちだが、この『追分殺人事件』はドラマ版も気に入っている。理不尽な苦難を乗り越え、仲間や家族を思い合ってきた人々が追分……人生の分岐ですれ違っていく切なさが、色濃く映像に変換されていると感じるからだ。未見の方は機会があればご覧頂けると嬉しい。

また、竹村陽子として私が大事にしたのは、事件と無関係の日常を保つことだ。事件モノに出てくるのは、被害者、関係者、刑事と犯人であるから、どうしても芝居は重くなる。それを（時には無責任に）一旦リセットするのが、文字通り陽気な陽子さんの役割かなと考えている。

少年時代の浅見光彦の活躍と、まだ二十歳の竹村巡査との初邂逅《かいこう》も描かれている大好きな作品『ぼくが探偵だった夏』についても触れておきたい。

「人が死ぬって、どういうことなのか」という浅見少年の疑問に、戦争のため小説家になる夢を諦めたという同級生の祖父が答えた場面が印象に残っている。曰《いわ》く、大きな満員電車に賑《にぎ》やかな連中が大勢乗っていて、笑ったり泣いたり喧嘩《けんか》したりしている。皆切符を持っているが、誰も行き先を知らない。「そしてある時、停《と》まった駅にぼく一人だけが降りるんだ。」ほかの皆は一瞬振り返るけれど、すぐにまた賑やかな様子に戻り、走り去っていく。「もうその電車にぼくはいない。」

至って穏やかな筆致なのに、私は急にここで涙が出てしまった。すると作中でも、普段冷静な浅見少年がこの話を聞いて心細さを感じ、急いで自分の別荘へ帰宅、台所の母に抱きつき泣いたのだ。

「あとがき　ぼくが少年だった頃」での戦中体験を読んで、その理由が少し見えた気がした。人は必ず死ぬ。その当たり前のことが作者の根底にあるかどうかで、読者に手渡されるものは増える。

ちなみに、作中で浅見少年から相談を受けた竹村巡査は、子供の話と流さず即日調べ、翌朝わざわざ報告にも訪れている。浅見少年もそのことですっかり彼を信頼するのだが、これこそまさに、冒頭で私が理想の警察官として思い浮かべた竹村岩男の姿である。

クロスオーバー作品も多く、読者を存分に楽しませてくれた内田さん。飄《ひょうひょう》々としたルポライターや推理作家として自ら劇中に登場し、各作品を跨《また》ぎ越え名探偵たちと交流している様子は、いつも楽しげであった。

「内田康夫役」を終え、一人降り立った駅には、よれよれのレインコートや車椅子の影があり、少し離れたところにソアラも停車していたのではないだろうか。皆で旅を続けながら、各地の事件を解決していく続編を、なぜか私は知っている気がする。

この作品はフィクションであり、文中に登場する人物、団体名は、実在するものとまったく関係ありません。
また、市町村名、風景や建造物などは執筆当時のものであり、現在の状況と多少異なっている点があることをご了解ください。

本作品は、一九八八年十一月に双葉社よりノベルスとして初版発行されました。以降、各社から次の通り、順次刊行されています。

文庫　一九九一年六月　双葉文庫
文庫　一九九三年十一月　角川文庫
単行本　一九九九年二月　双葉社（完全愛蔵版）
文庫　一九九九年五月　ハルキ文庫
ノベルス　二〇〇七年五月　ジョイ・ノベルス

このたびの刊行に際しては、ジョイ・ノベルス（小社）を底本としました。
（編集部）

追分《おいわけ》殺人《さつじん》事件《じけん》　新装版《しんそうばん》

二〇二三年八月五日　初版第一刷発行

著　者　内田康夫《うちだやすお》

発行者　岩野裕一

発行所　株式会社実業之日本社
〒一〇七-〇〇六二
東京都港区南青山六-六-二二
emergence 2
ＴＥＬ　〇三（六八〇九）〇四七三（編集）
〇三（六八〇九）〇四九五（販売）

印　刷　大日本印刷株式会社

製　本　大日本印刷株式会社

https://www.j-n.co.jp/
小社のプライバシー・ポリシーは上記ホームページをご覧ください。

ISBN978-4-408-53838-9（第二文芸）